Simone Montabré

LIEBE IN LUV

Roman

© 2003 Alle Rechte bei edition R+R, Heidelberg
Erste deutschsprachige Ausgabe
Buchgestaltung: Nüsse Design, Hamburg
ISBN 3-8330-0784-2

„...ich habe dir viel zu sagen,
aber meine Zunge schafft es nicht,
ich werde es dir vortanzen..."

NIKOS KAZANTZAKIS

TANGO

*A*udrey hatte ihren alten Schwarm von früher wieder zurückbekommen und es war ein schweres Stück Arbeit gewesen. Er hieß Diethelm und war ihre große Jugend-Liebe. „Die Frau'n, die woll'n den Hammer sehn", sagte sein bester Freund Rodrigo immer gern dazu, wenn sie beim Wein saßen. Seine Freunde waren überaus nett und Audrey liebte es, mit seiner Clique zu sein. Nur hatte der gute Rodrigo selbst mit seiner Theorie noch keinen so großen Durchbruch erlebt. Im Freundes-Trio war noch der smarte Pirmin, der die jüngste und aparteste Freundin aus dem ganzen Schwimmbad, Denise, sein eigen nannte. Sie war noch Schülerin.

„Sie war so auf ihm gestanden", erklärte Diethelm, als Audrey fragte, wie denn das zuginge.

Audrey hatte einen eleganten Job, managte eine Sprachen-Schule und dies mit ihrem normalem Engagement und sachlicher Energie. „Noch nie hat mich jemand so fundiert beraten wie Sie," dankte eine Mutter für einige Erläuterungen, die Audrey zur Ausbildung ihres Jungen zum Fremdsprachen-Kaufmann gegeben hatte, ganz so, wie sie es immer machte. Es war das Allermindeste, was sie für die Leute tun konnte. Die Schule „Sprich's aus" lag im noblen Bürotrakt eines herrlich alten Hotels mit fünf Sternen, dem Familien-Betrieb „Londoner Hof" in München. Gern ließ Audrey sich gelegentlich das Frühstück auf silbernen Tabletts ins Büro bringen, wenn sie morgens auf dem letzten Drücker war und eine Gruppe Schüler ungeduldig vor der verschlossenen Tür gewartet hatten.

Diethelm überraschte sie hier manchmal, vor einer Dienstreise, um sich zu verabschieden oder zurückzumelden und dann war sie besonders stolz auf ihn und sehr glücklich, weil er immer fein gekleidet war, im guten grauen oder blauen Anzug mit hellblauem Hemd und sein schöner

Trenchcoat wirkten an ihm. Er sah sowieso um einiges besser aus als manch anderer Manager, der in ihrer Schule lernte und Sprachen konnte er sowieso auch wesentlich besser als sie. Für seine Firma flog er immer durch die Welt und Audrey kam gelegentlich mit zum Flughafen. Sie mochte es und profitierte sehr von ihm, seiner Erfahrung, seinem Wissen und an ihm gefiel ihr alles. Er wohnte in der Nähe von München in Büttendorf und sie mitten in der Innenstadt. Seit einiger Zeit sahen sie sich wieder, nachdem einige Jahre Stillstand zwischen ihnen geherrscht hatte. Audrey hatte in dieser Zeit in New York studiert, war wieder nach München zurückgekehrt und hatte angefangen, zu arbeiten. Sie war jetzt sechsundzwanzig, Diethelm vierunddreißig.

Alles lief soweit ganz schön, ohne daß sie sich über all die Vorzüge, die das Leben ihr bis jetzt schon geboten hatte, ganz im Klaren war.

Die Frauen hatten jetzt alle gute Ausbildungen, sehr gute Jobs in der Wirtschaft und Politik, in den Armeen und überall da, wo sich wirklich Macht abspielt. Sie bekamen durchweg drei oder vier Kinder. Väter waren als bessere Mütter wunderbar in der Kinder-Pflege und Alten-Betreuung zu gebrauchen und auch die Älteren in den Familien selbst waren gutmütige Erzieher. Die Menschen lebten sehr gesund in ihren Gärten, tranken mehr als sie aßen und waren sehr ausgefüllt. Viele taten genau und nur das, was sie am besten konnten und hatten damit ihren Traumjob genau wie Audrey Stevenson.

Hier kam etwas herein und niemand machte auf Sparen. Und die Deutschen hängten sich nie im Negativen dran.

Die Laser-Chirurgie für Augen war in Deutschland entdeckt worden und damit waren die Menschen hier nicht mehr so blind.

Bahn und Post waren zuverlässig pünktlich und nichts ging verloren.

Für Audrey gab es nichts Schöneres, als sich für die Sprachen anderer Länder zu interessieren. Sie mochte Gutmütigkeit und japanisches Heilöl, Äpfel, Bananen und Ananas, Diethelm, seine Freunde und ihre Nachbarn, Beherrschung und Humor, schwarze Bikinis und chice Klamotten überhaupt, Schwimmen und ihr Fahrrad von Peugeot, Pierce Brosnan in „Noble House Hong-Kong" und in „Remington Steele" wegen seiner fürsorglichen Gentleman-Likeness, Mut und Angstfreiheit, dezent gelungene Selbstbehauptung, Orangen-Marmelade zum Frühstück und Rotwein schon zum Mittagessen, den Alt-Bundespräsidenten Richard von Weizsäcker wegen seinem freundlichen Charme und geduldigen Verständnis, Weißwein, Sherry und Campari, Konzentration und Konsens, Akzeptanz und Anerkennung, chice Theologen und alle Menschen, die ihr hinreißend erschienen.

Sie verabscheute Unbeherrschtheit und dämliche Gesichter, Selbstgefälligkeit und Mutlosigkeit, Farblosigkeit und Schmalzbrote, eingelegten Kürbis und herrische Charaktere, Kurzsichtigkeit, hässliches Wesen in entsprechenden Outfits, Wichtigtuer und Problematisierer und am meisten ärgerte sie Tranfunzligkeit. Mit Langsamkeit konnte sie sich am allerwenigsten anfreunden. Sie spielte und arbeitete immer mit Überlegung, gab Anerkennung und respektierte die Mittagspause bei Privatleuten.

Ein Schüler, er war ein gestandener Manager, sagte einmal so schlicht, wie viele sehr kompetente Leute waren:

„Bunt ist es bei Ihnen."

Der chice Stunden-Plan in Audreys gläsernem Sekretariat war farbig anzuschaun mit bunten Kärtchen auf einem feinem, schwarzen Rahmen, für jede Sprache war eine andere frische Farbe gesteckt. Alle Lehrer waren Muttersprachler und lebten nach ihrem Bio-Rhythmus.

Im Inland waren Gewalt-Reduzierungsprogramme aus Südamerika erfolgreich übernommen worden. Sportliche und musische Aktivität hatte hier wie dort vielen Gefährdeten und Gestrauchelten geholfen, sich auf ihre besten Seiten zu konzentrieren, was in einer Sprachen-Schule absolut Früchte zeigte.

Aus früheren Altenheimen waren Vorschulen entstanden, wo schon kleine Köpfe sehr gefragt und gefördert wurden.

Schlimme Krankheiten waren dank kluger Grundlagen-Kenntnis, einer hohen deutschen Qualität sehr zurückgegangen. Die Krankenkassen quollen über, seit sich die Menschen mit natürlichen Mitteln selbst fit hielten. Bei zu hohem Gewicht gab es Sport und nichts zu essen ohne Hungergefühl.

Die neue Rohrpost in allen Haushalten ersetzte manche Bringdienste, die dennoch in vielen positiven Fällen zur Verfügung waren.

Steuerehrlichkeit und Zahlungsmoral waren hoch, insbesondere dank einiger Einwanderer. Kleine Teams auf Zeit kennzeichneten häufig die Arbeitswelt.

Aus den alten Super-Märkten waren Tanzhallen geworden und die Tanzfreude der Deutschen stieg. Häufig dienten die alten Bauten auf früheren grauen Wiesen als Probenräume für Orchester und Jugendliche, die viele musikalische Töne produzierten. Der Wohnbau war gewaltig aufgepeppt worden, wie in vielen großen Gebäuden und alten Hochhäusern auf eine hohe Lebens-Qualität durch innenarchitektonische Maßnahmen geachtet wurde. Es gab keine Genehmigung für Neubauten, ohne daß auch nur ein einziger Altbau unrestauriert leergestanden hätte.

Das Klima hatte sich durch Wasserstoff-Autos und abgeschaffte elektronische Geräte, die den Energieverbrauch früher sehr hoch getrieben hatten, zügig verbessert, so daß keine selbstverschuldeten Katastrophen drohten.

Die Lebens-Qualität in Stadt und Land war weiter erheblich gestiegen.

Deutsche Friseure hatten jetzt Weltrang und stylten die Menschen optimal, da die selbst am besten wussten, was ihnen eigentlich stand und welche Kleider sie am liebsten trugen. Die deutsche Kunst- und Mode-Szene spielte eine tolle Geige im internationalen Konzert.

Schuh-Design war wesentlich besser geworden und alte Galoschen out.

Die Outfits wurden von feinen Schuhen perfekt abgerundet.

Vorbei die Zeiten, als die Frauen in Nylon-Strümpfen mit Schnür-Halbschuhen zu Faltenröcken herumspazierten.

Audreys Schule „Sprichs aus" war fein eingerichtet. Auf gemütlich weichen Teppichen standen die Tischformationen genau so, wie sie für die kleinen Gruppen gebraucht wurden.

Sie nahm auf die Gewohnheiten der Lehrer Rücksicht und vermittelte den Schülern, wenn ein Italienisch-Lehrer sich verspätete.

„Ein Termin ist für einen Südamerikaner noch lange kein Termin", erklärte Freundin Jorinde ihr, die jetzt als Sprachen-Korrespondentin für Spanisch in derselben Firma wie Diethelm in seiner Abteilung arbeitete und das war für Audrey eine gute Erklärung.

Alle hörten sie gern Tango-Platten von Milva und Piazzolla, sprachen Spanisch und reisten gern umher.

Ihre Eltern waren voll beschäftigt, Audreys Vater wurde mit Fünfundsechzig nach dem Verkauf eines alten Geschäftes - noch von Audreys Großeltern - mit einer neuen Fabrikation selbständig und betrieb sein Unternehmen für besondere Kunden im Außendienst selbst. Es waren die, die er gern mochte und er verwirklichte sich auf seinen Fahrten zu Kunden mit einem seiner zwei Wasserstoff-Benz in der Landschaft.

Audreys Mutter lebte in ihren drei Sportvereinen auf und bemühte sich um allerlei Belange in ihrem Haus. Ihre Eltern waren keine Reise-Rentner, hatten ein sehr gutes Auskommen, keine Beschwerden und würden Audreys Kinder betreuen, falls sie weiter arbeitete.

Die Renten-Kassen des Landes waren so voll wie nie zuvor und die Menschen saßen auf dicken Reserven. Sie sparten, weil alles sprudelte und falls eine Beeinträchtigung drohte, würde man investieren.

Hierzulande waren Diktaturen abgelöst von sehr guten Demokraten und die Entscheidungen waren weise. Viele Länder kopierten das deutsche Grundgesetz.

Reiche Länder waren Demokratien.

In Afrika wuchsen medizinischer Fortschritt und Demokratien stabilisierten sich.

Insbesondere der Kindersegen und die hervorragende Betreuungs-Organisation für das Leben der Frauen mit hohen sozialen Fähigkeiten war die Stärke des Salut public, der früheren politischen Parteien. Die öffentlichen Abgaben waren lächerlich gering, ein Viertel seines Einkommens gab man für soziale Investitionen aus, die in Krankenhäuser und Ausbildung, Justiz und Handel flossen und auf sehr hohem Stand angelangt waren.

Bewusstseinstraining, Psychologie und Diplomatie waren jetzt Schulfächer und die Schüler lernten Gemüse-Anbau und Viehhaltung. Manchmal arbeiteten beide Ehepartner, häufig zeitweise nur einer außer Haus. Die meisten waren in ihren eigenen Anwesen selbständig tätig.

Neubauten entstanden erst dann, wenn alle Altbausubstanz saniert und in funktionsfähigem Zustand war. Vieles ging leichter und schneller als zuvor.

Psychologische Kenntnis, Diplomatie und Gesprächs-
führung interessierten Audrey besonders. Sie hatte
Diplomatie und Konflikttraining studiert und im Fach
„Optimierte Lösung" abgeschlossen. Ihre Ausbildung
konnte sie bei „Sprich´s aus" bestens einbringen. Die
Faszination und Musikalität von Sprachen hatten sie schon
als Kind interessiert und sie betrieb Fremdsprachen
eigentlich immer.

Genau wie ihre Liaison zu Diethelm. Den hatte sie
während ihres Studiums einige Jahre nicht sehen wollen und
es war wie er einmal bemerkt hatte: „Frauen kriegen immer
nur Streit wegen einem Mann." Audrey wollte es ihm zuerst
nicht glauben, wenn sie an ihre eigenen Freundinnen dachte
und sie sich Rivalität zwischen ihnen nicht vorstellten
konnte, es war jedoch in anderer Form genauso gekommen,
wie er gesagt hatte. Seine alte Freundin, die er aus Augsburg
schon viele Jahre kannte, hatte er in München zuerst
gehalten und Audrey hatte sich von ihm gelöst, bevor sie
nach New York ging. Sie hatten beide gelitten und Freundin
Solveig hatte Audrey bestärkt, ihn wieder anzurufen, als es
für sie in München entsetzlich langweilig ohne ihn zu
werden drohte. Er war gleich gekommen und jetzt ließ
Audrey ihn auf sich wirken.

Er war wunderbar, ein blonder, liebenswürdiger Mann
mit gepflegtem Styling, immer ein besonders guter Zuhörer
und feiner Gesprächspartner und machte Audrey im Bett
noch viel mehr Spaß als sonst.

Von ihrer Stärke war er nicht bedroht, sondern war eine
intelligente Frau in der Person seiner Mutter gewohnt, so
daß seine Partnerin niemals eine dumme Gans sein konnte.

Audrey wollte jetzt in einen Segel-Urlaub gehen.

Ihre Nachbarn Rembert Predikant und Burgunde
Zörgiebel hatten etwas von einem Segel-Schein erzählt und
da sie nette Leute waren, Rembert hatte ein schönes Hotel,
Burgunde arbeitete als Volkswirtin bei der Kirche in

München, wollte auch Audrey gern den deutschen Segel-Führerschein A erwerben. In Deutschland muss man alles auf dem Papier haben, hatte ein alter Lehrer einmal erwähnt und es besagte vielleicht, daß man wirklich enormes Verständnis und Können hatte, wenn man solch einen Kurs absolvierte. Audrey wusste es noch nicht.

SARDANA

Sie wollte mit HORTEN günstig nach Mallorca und war vorher schon einmal zu einer Woche Grundkurs auf der Ostsee gewesen. Jetzt ging sie einfach lieber auf die Insel. Für zwei Wochen mit Halbpension ins Hotel Olympia in Puerto Soller. Sonntags nachmittags war der Abflug. Marbold Stoltenfuß, ihr alter Studienfreund brachte sie auf den Flughafen und konnte unterdessen mit Audreys Wasserstoff-Beetle fahren.

Er wollte für die zwei Wochen vorübergehend in ihrer Wohnung leben und sie schärfte ihm beim Abholen ein, er möchte bloß vorsichtig mit ihren Weingläsern sein. Sie besaß gerade nur sehr schöne dickbauchige geschliffene Kelche und kein einziges normales Wasserglas mehr.

Sie fuhren Sonntagnachmittag und eigentlich wollte Audrey mit ihm noch etwas trinken, weil ihr die Atmosphäre des Flughafens gefiel, aber es ging gleich los. Frühes Gepäck-Abgeben, damit das Flugzeug geladen werden konnte und Marbold war wie immer ein wenig nervös, wenn er etwas vorhatte. Er arbeitete als Psychologe an einem wichtigen Projekt und stand kurz vor dem Fertigwerden.

Abends gegen Elf stieg sie mit einem jungen Segler in Soller aus dem Bus und er kannte die Szene schon sehr gut. Er nahm sie mit ins Hotel und trug sein Gepäck für vierzehn Tage in einer kleinen Stofftasche aus grauem Leinen, wirkte liebenswürdig und sie wurden eine nette Tischgesellschaft zusammen mit einem Augenarzt im kleinen Hotel Olympia.

Montag morgen saßen sie unter Markisen im Club Nautico und warteten auf die Segel-Schule. Es waren nur ein paar Schritte vom Hotel und Audrey kam einigermaßen zeitig. Sie saß noch sehr müde von der Reise mit all den anderen einfach da.

Ein alter grauhaariger Seebär zwinkerte ihr zu, um sie ein wenig zu ermuntern. Vor lauter Schläfrigkeit fand Audrey ihn so dämlich, daß er noch netter lächelte und sie anschaute. Mein Gott, lass mich in Ruhe, funkelten ihre Augen jetzt richtig wütend. Er war Segel-Lehrer und wartete, bis der Club-Manager Randolph Armbruster die Leute begrüßte und den Plan erklärte.

Die Schüler für den A-Schein mussten von Zehn bis Elf sogenannte Theorie hören und erst dann ging es aufs Wasser hinaus bis Eins, Halb-Zwei. Um Drei sofort wieder pünktlich da sein, aber nur draußen, auf den Booten zu Dritt in schönen kleinen Schiffen, die wie Desserts hießen: Caramel, Limone, Chocolat und Fresa - Erdbeere. Der junge Roderick aus dem Bus segelte schnelle Fourteen-Footer und Audrey staunte. Er sah sehr jungenhaft aus und war überaus angenehm und sympathisch, hilfreich, liebenswürdig und höflich.

Die Gruppe für den A-Schein bestand aus fünfzehn Kandidaten.

Audrey wollte nach dem ersten Urlaubsmorgen zügig zum Mittags-Schlaf übergehen, bevor der Grauhaarige erklärt hatte, wie der Kurs sein würde.

Beleuchtung und Vorfahrtsregeln kamen zuerst und dann die reinste Segel-Theorie: Windpositionen und Manöver. Audrey schlief im Stehen ein. Sie meldete sich im Hotel zum Abendessen an und schlief eine Runde bis zehn vor Drei, raffte ihre Sachen und stürmte in den Club. Alles war draußen aktiv, gute, erfahrene Segler, schien es ihr. Der grauhaarige Mauro öffnete an der Mole eine große Holzkiste und suchte für jeden eine passende Schwimmweste hervor.

Audrey ging mit zwei anderen auf die Orange und fühlte sich ein wenig fremd, aber es war egal. Am ersten Tag konnte sie ruhig ein wenig schläfrig einfach nur mitsegeln. Die Stunden gingen irgendwie herum. Sie merkte es kaum. Auch beim Abendessen fielen ihr schnell die Augen zu, obwohl der füllige, blonde Augen-Arzt Martin Iglseder ein angenehmer Gesprächspartner war. Und Roderick Koch saß äußerst nett dabei. Audrey ging mit ihnen doch noch in die nächste Kneipe, wo schon einige Kollegen saßen. Ein etwas eigenartiges Ehepaar hieß Tournier und ein sehr nettes namens Auffahrt lernte sie kennen. Traugott Auffahrt war mit in ihrem Kurs. Tourniers waren seit langem gute Bekannte hier und kamen jedes Jahr. Sie wohnten in Dachau und streiften mit Audrey einige Gemeinsamkeiten. Herbert Tournier hatte ein Industrieunternehmen und Isabel betrieb eine Boutique. Besonders Isabel verstand Audrey gut und die erklärte ihrem Herbert entrüstet, was er an Audreys Erzählungen über Münchner Betriebe, die ihre Mitarbeiter zu „Sprich´s aus" schickten, nicht verstand.

„Du hörst es doch, lauter alte meckerige Weiber im Büro, Herbert", schüttelte sie über die Verständnislosigkeit ihres Gemahls den Kopf. Er rief Audrey gern, wenn er sie von weitem sah und sie wieder sehr in Eile in den Kurs hechtete. Sie fand diesen Urlaub bald ziemlich stressig und musste viel Segel-Theorie lernen.

„Man muss immer an den Strippen ziehen", lachte Herbert über sein ganzes kerniges, klassisches Gesicht und Audrey fand ihn ein wenig penetrant. Da dieser Herr mit seiner mindestens fünfzehn Jahre jüngeren Frau aber ein studierter kluger Mann mit Promotion war, dachte sie nicht länger darüber nach, ob er sponn und warum die zwei Tourniers immer Streit hatten.

Sehr nett waren die zwei Auffahrts aus Regensburg. Als Audrey eines Abends bei Sangria mit ihnen draußen an der Promenade saß, erzählte Traugott sofort sehr unterhaltend, wie er eine Sangria-Gesellschaft zuhause unterhalten hatte. Audrey gefiel es wirklich gut, daß er in dieser kühlen Gruppe von Segel-Urlaubern so persönlich über eine nette Begebenheit sprach, die sie interessierte. Die anderen waren alle wesentlich reservierter und sprachen, - wenn überhaupt - nur über Segeln. Audrey fand es anstrengend.

Sie ging besser abends nicht immer mit ihnen etwas trinken und lernte notgedrungen in ihrem schönen, schmalen einzelnen Hotelbett Theorie. Das zweite Bett stand an der anderen Wand. Es war aus sehr schönem Holz geschnitzt und wenn sie die Augen aus dem Segel-Buch hob, sah sie immer in eine Lüftungs-Öffnung in der Zimmerdecke.

Der Unterricht ging einigermaßen vonstatten. Mauro schrieb manches an die Tafel, das ihr wie Böhmische Dörfer erschien. Er erläuterte:

„Ja, wenn Du Fahrrad fährst und der Wind kommt genau von hinten, dann hast Du Null Wind." Audrey verstand die ganze Sache nicht.

Auf den Booten war es nachmittags am schönsten, wenn alles vorbei war, die Horten-Schnecke zu legen und die Tampen auf einer Bank im Schiff herrlich regelmäßig einzurollen. Es machte ihr besonders Spaß, wo meistens die starken Männer gestartet waren und ihr draußen in der Bucht das Steuer überließen.

Gut gefiel ihr ein Mathematik-Professor, der ein rechter Segler war und gleichzeitig ein chicer Kerl. Sören Lehfeld war sehr fein und wirkte gut auf Audrey, rein kameradschaftlich. Richtig interessierte sie hier jedoch nichts und niemand. Sie wollte nur mit diesem ominösen A-Schein heimkommen.

Tournier sah ihr ihre Laune an. Von weitem rief er von seiner Fun:

„Hast Du jetzt besser an den Strippen gezogen?" und lachte sich eins. Auch Audrey musste über ihn lachen, ansonsten fand sie das Ganze nicht sehr witzig. Tournier war schmal mit einem klugen, feinen, aber doch kantigen Gesicht und trug eine halbe Lesebrille. Wenn er lachte, wirkte es ein wenig unnatürlich und übertrieben. Er strengte sich dabei an. Isabel war eine schwarzhaarige lockige Schönheit mit langen Haaren und besonders auf See sehr unzufrieden mit ihrem Mann. Sie hatten ständig lauten

Streit. Der blonde Randolph glättete es vorzüglich und klärte am Rande locker auf:

„Das ist eben so wie bei Ehepaaren auf Booten", um den auffälligen Zoff von Tourniers nicht übermäßig ernst zu nehmen.

Tournier war Raucher und bei Sangria abends ein brauchbarer Gesprächspartner. Er war gewandt, keine Schlafmütze und Audrey mochte Isabel Tournier, ihre Wachheit und ihr Verständnis, sich für ihre Gespräche zu interessieren, sie amüsant zusammenzufassen und weiterzubringen. Das konnte nicht jede Seglerin so gut wie sie. Eine Physikerin aus Berlin war noch in Audreys Kurs, deren junger Ehemann nicht mit ihnen im Kurs segelte. Er war sehr unauffällig und Elke bemühte sich betont höflich um alles so, wie die Preußen eben waren. Intelligent, aber doch sehr mädchenhaft, dachte Audrey.

Einer imponierte Audrey im A-Schein-Kurs besonders. Kurt war schon viele Hochsee-Törns gefahren. Audrey erschien es atemberaubend abenteuerlich und sie hatte immer Burgundes Spruch im Kopf: „mit dem C-Schein kannst Du über den Atlantik segeln". Es war eine Vorstellung, die Audrey zwar auch faszinierte, auf der anderen Seite glaubte sie aber nicht, daß eine ganze Atlantik-Überquerung sie reizen würde. Nein, ein einziger „Hochsee-Törn" allein erschien ihr schon von höchster Faszination. Nur fehlte ihr dazu erst einmal ein kleines deutsches Blatt Papier, glaubte sie wenigstens, das all diese netten und kameradschaftlichen Typen auch so ernsthaft interessierte.

Sehr lustig und charmant waren der Club-Manager und seine sportliche und doch sehr weibliche Frau Geelkea. Seit Jahren managten sie erfolgreich ihren großen Club und hatten wirklich Freude an allem. Besonders Randolph war, ohne auffallend zu sein, ein sehr gepflegter, nach außen smarter Mensch, der mit einer fröhlichen warmen Stimme sprach, die einen durchaus metallischen, aktiven hellen

Klang hatte. Mit seinen braunen Augen war der Blonde die seltene Kombination eines Deutschen. Er funktionierte zusammen mit Geelkea fast wie blind, schien es Audrey.

Knoten musste sie üben und vergaß sie immer wieder schnell. Den Palstek, Stopperstek und Schotstek, eigentlich nicht so schwierig, abends nach dem Essen mit den zwei Jungs im Zimmer noch einmal vorgeknöpft. „Man legt zuerst ein Auge und dann taucht ein Ungeheuer darin auf," sagte der kauzige Kurt im Kurs gern und alles lachte krampfhaft. Und flugs hatte Audrey es wieder vergessen. Mein Gott noch einmal, es konnte doch nicht so schwierig sein.

Sie las morgens im Club vor dem Kurs lieber: „El diario de Mallorca", was Kurt enormen Respekt abrang. Er schätzte sie auch in ihrem Alter genau richtig ein. Geschieden war der Computer-Fachmann und er schliefe abends zuhause immer schon vor dem Fernseher ein, gab er zu. Diese Leute waren realistisch und täuschten nichts vor. Sie rivalisierten auch nicht sehr auffällig und es war für Audrey angenehm. Abends war sie sehr beschäftigt, die theoretischen Bücher zu lesen und daraus möglichst noch irgendetwas Bedeutsames für sich selbst zu entnehmen. Es gelang ihr nur nicht, herauszufinden, was das Geheimnis der Aufregung der anderen war.

Die Regensburger gefielen ihr am besten. Sie waren lustig und nicht so verbissen, abends gute Gesprächspartner und Traugott war auch auf dem Schiff sehr fein. Das waren alle anderen vielleicht auch, aber Audrey meinte, sie nähmen das Segeln um einiges zu ernst.

Mauro versuchte immer, wichtige Dinge zu vermitteln und schaffte es nicht ganz. Audrey behielt nichts von dem im Kopf, was er sagte. Sie gerieten ein wenig aneinander, halb im Spaß und halb im Ernst. Die anderen amüsierten sich, wenn Audrey auch nur versuchte, sich zu verteidigen und sich ihm gegenüber verständlich zu machen. Sie fand ihn zu wenig transparent und mit seinen breiten Segler-Händen für seinen Job nicht intellektuell genug.

Die Hände eines Menschen und ihr Ausdruck waren für sie ein wichtiges Detail der Persönlichkeit, genauso wie der Ausdruck der Pupillen. Sie hatte aber keine Nerven, sich weiter über Mauro zu ärgern, sondern absolvierte ihren Turnus recht tapfer. Auf den Booten waren die Jungs charmant und fein und sie hielt gut durch. Abends besser nur sehr wenig Geselligkeit, sie musste wirklich durch dieses Lehrbuch, um schlussendlich aus dreihundert möglichen multiple-choice-Fragen zwanzig exakt zu beantworten. Es musste irgendwie gehen, wenn sie sich von langen Kneipen-Abenden zurückhielt.

Gelegentlich wurde ein besonderer Event von Randolph angekündigt. Er spielte dann in einem Lokal sehr schön Jazz-Trompete und es war sehr entspannend. Audrey gefiel es, wenn jemand auch als Erwachsener noch gut auf einem Instrument war.

Wenn nur nicht dieser Mauro mit seinen dämlichen Fragen gewesen wäre. Immer zwiebelte er sie zu gern und zog sie auf. Sie fühlte sich nicht ernstgenommen.

Damit gingen die zwei Wochen zügig herum. Mann, war das ein Theater um diese Theorie. Sie wusste wirklich nicht, welche Bewandtnis all das eigentlich haben sollte und manchmal war es ihr unangenehm, es nicht ernstnehmen zu können, wenn Mauro sie unmöglich befragte und auf dem Gang zurück ins Hotel ein kameradschaftlicher Kurt wieder seine helle Freude daran hatte, Mauro nachzumachen, wie er geredet hatte. Er ahmte den schweizerischen Dialekt besonders gern nach, wenn er sich Ausdrücke mit Genuss auf der Zunge zergehen ließ wie: „die Crewmitglieder." Audrey bekam es gar nicht so genau mit, was die Leute erlebten und versuchte nur standhaft, durchzuhalten. Eines Abends machte sie sich zu einer kleinen Fete ein wenig zurecht in einer schönen weißen Hose und einem feinen, neuen tomatenroten Shirt. Mauro saß irgendwo mitten zwischen all diesen Leuten, die einen riesigen Pulk bildeten und Elke umtänzelte ihn mit ausgesuchter Höflichkeit.

„Grüß Dich, Audrey", meinte er und auch Elke ließ ein ausgesucht höfliches: „Hallo, Audrey," vernehmen.

„Leckt mich am Arsch", dachte sie sich und verließ den Abend baldmöglichst. Sie musste diesen Mauro ernst nehmen und ihm notgedrungen antworten und auf jeden Fall an ihre Schwimmweste denken, wenn sie an Bord ging. Darüber regte er sich immer besonders auf. Und dann war der Segel-Tag auch schon wieder herum. Sie verstand besonders das Theater nicht, in diesen kleinen sogenannten Hafen hineinzufahren. Da war Mauro besonders kritisch, wenn er mit dem Megaphon auf seinem Motorboot saß und etwas mitteilte. Sie kam doch wohl immer in den „Hafen" zurück, wenn sie schon aufs Wasser hinausgekommen war. Alles wieder sehr unverständlich, all diese Leute und die Aufregungen hier. Sie waren alle über Dreißig und keine Kinder mehr, wozu also die Nervosität um diesen lächerlichen Bootssteg.

Ein einziges Mal erschien ihr Mauro überzeugend, als er auf eine brave, naive, kindliche und nervöse Frage zur Vorfahrt souverän antwortete: „Eh Du einen umfährst, weichst Du besser aus" und damit hatte es sich.

Tourniers waren auf See immer sehr lautstark und erst recht, wenn es im Hafen darum ging, Leinen aufzuschießen und das Boot festzumachen. Audrey fand sie einerseits amüsant als streitende Eheleute, auf der anderen Seite war es reichlich stark von Isabel, sich ständig so deutlich hörbar Luft zu machen gegen ihn. Die musste wohl sehr hohen Druck haben, und ihre Aggression richtete sich im Grunde wohl auch gegen andere Dinge als das Segeln.

Auf See lernt man die Menschen richtig kennen, besagte eine Segler-Weisheit.

Am ruhigsten waren ihre zwei Tisch-Nachbarn Martin und Roderick. Doc Martin konnte den Leuten eines Tages Testate ihrer Sehkraft für ihre Segel-Prüfung unterschreiben. Man musste sehr gute Augen haben. Die beiden beteiligten sich nicht so sehr an der großen allgemeinen Aufregung, sondern konnten schon sehr gut segeln. Der eine machte nur Urlaub und Martin war einer der zurückhaltenden Teilnehmer in Audreys Kurs für den A-Schein. Sie konnte den Ausdruck inzwischen nicht mehr so gut hören und hielt sich in den Mittagspausen und abends gern fern von all den Trupps, die zusammen essen gingen.

Sie kämpfte sich mühsam durch ihr Theorie-Buch.

Tournier lachte wie immer etwas penetrant, wenn er sie von weitem sah: „Du musst eben richtig an den Strippen ziehen" und Audrey fand es überhaupt nicht mehr witzig. Er war ein gebildeter Mensch, der eines Abends in einer Runde einfach sagte: „Der Gesprächspartner sitzt immer links oder rechts". „Genau", setzte Audrey fort, der er dieses Mal aus der Seele gesprochen hatte und deutlich war, daß man hier und andernorts mit jedem höflich ein paar nette Worte wechselte, auch wenn man ihn oder sie nicht im geringsten leiden konnte.

Vom Ort Soller sah sie überhaupt nichts und spazierte nur sehr wenig im Hafen herum. Sonntags nachmittags wollte ein schon etwas älterer Segler sie im Mietwagen über die Insel mitnehmen, aber Audrey äußerte sich nicht sehr zustimmend. Sie wusste, worauf es hinauslaufen würde und er fand eine andere Begleiterin, die vielleicht dankbar für diesen Ausflug war. Audrey hatte Angst, die Prüfung nicht zu bewerkstelligen, sehr viel war noch zu machen in der zweiten Woche und sie dachte an nichts anderes als daran, mit ihrem Schein mit Burgunde und Rembert nett auf Tour zu gehen. Und dieses Theater hier musste dann doch langsam mal ein Ende haben. Sie nahm es eigentlich nicht ernst, die Zeit verging aber nur sehr qualvoll, weil die anderen immer so aufgeregt waren, meinte sie.

An einem Nachmittag zwei Tage vor der Prüfung war Regatta für alle, die Kinder in ihren Optimist-Booten, von Geelkea betreut und mit allen Urlaubern in sämtlichen Bootsklassen: Solinge, Star-Boote, 470-er, Finn-Dinghies und natürlich der A-Schein-Kurs. Alle segelten durcheinander und Audrey landete mit völlig neuen Leuten auf der Mousse au chocolat. Einer hieß Antoine Lerch und der andere Oliver Weber. Man duzte sich immer auf jedem Schiff, egal, wie groß der Altersunterschied sein mochte. Besonders Antoine war mit seinen etwa fünfzig Lenzen sehr agil. Er jauchzte um die Bojen, daß das Wasser nur so aufspritzte und alle waren heiß auf den Sieg, daß Audrey es wieder einmal nicht halbwegs verstand, wieso solch ein Terror um das kühle Nass. Gott im Himmel, welche Kindsköpfe, dachte sie. Die ganze Euphorie wurde ein wenig von Randolph und einigen Adepten geschürt, die mit ihm als Regatta-Leitung auf einem Boot saßen. Er selbst war ja noch ganz nett und wirklich immer souverän freundlich, bei den anderen jedoch war sie keinesfalls sicher, ob das alles so rechtens war. Die Bojen wurden wie wild umrundet und irgendwo hatten Oliver und Antoine auch noch einen regelrechten Regatta-Kurs vor Augen. Audrey steuerte zwei Runden und es klappte gut. Sie hatte keine Schwierigkeiten, um die Tonnen zu kommen und auch keine Scheu, die beiden Herren auf dem Schiff als Steuerfrau zu befehligen. Das lernte man wirklich alles bei Mauro und aus dem Lehr-Buch: die Mannschaft ist dem Schiffsführer untergeordnet. Audrey blieb ruhig und gab das Steuer wieder ab. Sie landeten auf einem sehr schlechten Platz und die zwei waren ihr sowieso von Anfang an viel zu unruhig und künstlich erregt erschienen, ihr persönlich gegenüber aber recht nett gewesen.

Am Abend bei der Regatta-Feier brauchten sie nicht in die weiße Klobrille zu sehen wie die wirklich letzte Mannschaft, die bei der Preisverteilung eine Frau schickte und Audrey war es für sie sehr peinlich, das über sich ergehen zu lassen. Die Leute grölten und auch das war

Audrey dem Schweizer Mauro gegenüber sehr unangenehm. Sie dachte daran, daß Bier, was Segler vorwiegend tranken, einen völlig anderen Suff machte als Wein, dem sie an sich lieber zusprach.

Am nächsten Morgen sah sie ein letztes Mal in das verdammte Buch und versuchte, durchzublicken: ein letztes Mal die Binnenschifffahrts-Straßen-Ordnung und murmelte im Zimmer vor sich hin: jedes geschleppte Fahrzeug führt ein Rundumlicht, weiß, dreihundertsechzig Grad. Ist ein geschlepptes Fahrzeug länger als 110 m, führt es zusätzlich ein zweites Rundumlicht, weiß, dreihundertsechzig Grad auf dem Achterschiff. Ein manövrierunfähiges Fahrzeug zeigt nachts zusätzlich zu den sonst vorgeschriebenen Lichtern ein rotes Licht, das geschwenkt wird. Tagsüber zeigt es eine rote Flagge. Zusätzlich kann das Schallsignal vier kurze Töne hintereinander gegeben werden. Kleinfahrzeuge mit Maschinenantrieb müssen einander und allen anderen Kleinfahrzeugen ausweichen. Im Fahrwasser muss so weit wie möglich rechts gefahren werden. Ist dies wegen der Windverhältnisse nicht möglich, so dürfen wir beim Kreuzen die linke Fahrwasserseite benutzen, wenn wir damit die durchgehende Schifffahrt nicht behindern.

Das war ziemlich viel. Sie seufzte.

Am Nachmittag fuhr sie mit Roderick mit der Bahn von Soller nach Palma. Er kannte sich ein wenig aus und zeigte ihr die Stierkampfarena. Zusammen wanderten sie durch die Ställe. Audrey entspannte sich und war am Abend glücklich und zufrieden wieder in Soller. Diese Leute waren sehr nett und sie wollte sie einmal nach Hause einladen zu einer Wiedersehensparty. Darauf hatte man sie auf dem täglichen Weg vom Segel-Club ins Olympia schon grob festgelegt.

Die vierzehn Tage waren eine harte Zeit für Audrey und kein amüsanter Urlaub gewesen und jetzt wollte auch sie wirklich zum gemütlichen Teil übergehen. Doch immer knöpfte der blöde Mauro sie sich auffällig vor:

„Was willst Du jetzt machen, sag jetzt, was Du machen willst!" hatte sie noch deutlich im Ohr, als er sie auf der Kiwi mit seinem motzigen Megaphon gerufen hatte. Sie hätte ihn jedoch auch ohne das Instrument genauso gut oder besser verstanden.

Die Prüfung fand freitags morgens statt. Todesmutig setzte sich Audrey und beantwortete Frage 39: Wie verändert sich das aufrichtende Kraftmoment einer Jolle bei ständig zunehmender Krängung? Wie wird ein Bindereff durchgeführt? Wozu dient der Schotstek? Wodurch ist zu erklären, daß der scheinbare Wind auf einem Am-Wind-Kurs stärker ist als der wahre Wind? Oh, Gott, der dämliche Mauro, darum war es ja auch gegangen im Unterrichtsraum morgens in der Sonne und Audrey hatte nicht verschlafen, war aber wohl auch nicht richtig wach gewesen, sie wusste die Antwort nicht genau, weil sie das ganze Prinzip nicht richtig geschnallt hatte. Dennoch war sie der Meinung, sie hatte sich bemüht und antwortete, kreuzte das an, was sie glaubte und legte ihren Stift dann weg.

Sie ging als eine der ersten zum Mittagessen und natürlich waren auch die zwei anderen, Roderick und Martin schon da und warteten darauf, wie es für sie gewesen war. Audrey schüttelte die Achseln und wusste es wirklich nicht. Das wusste man bei Prüfungen sowieso nie. Sie musste nur sehen, pünktlich um Zwei zur praktischen Prüfung wieder im Club Nautico zu sein und nicht beim Mittagsschlaf verpennen. Welch ein Stress!

Auf die Boote am Nachmittag. Das Wetter war angenehm und der Wind gleichmäßig. Sonst immer ein gutes Verlegenheits-Thema, erschien es Audrey heute etwas weniger wichtig zu sein. Die Leute waren absolut nicht so gesprächig wie sonst und etwas mehr Ernsthaftigkeit und Ruhe lag über dem Ganzen. Maurizio gab ihr eine Schwimmweste aus seiner großen Kiste und Audrey fand allein das Theater wie immer sehr übertrieben. Man brauchte doch nicht wie blöd mit diesen Schwimmwesten herumzumachen. Auch ohne große Segelerfahrung hatte sie ihren eigenen Blick für Wesentliches und Überflüssiges und investierte ihre Aufmerksamkeit doch lieber in die Betrachtung des Prüfungskomitees, das da draußen auf einer Fun mit Randolph saß. Mauro fuhr mit einem anderen Segel-Lehrer und einem Helfer in seinem Motorboot hinaus und Audrey war mit Sören und Traugott Auffahrt auf der Tiramisu. Das Ablegen machte Sören, dann musste Audrey ein paar Q-Wenden und eine Halse zeigen. Es klappte und das Anlegen am Steg erledigte Traugott perfekt. Er war sowieso sehr ruhig und lustig wie immer, als wäre nichts Besonderes. Audrey musste noch Motorboot fahren. Eine Runde vom Steg um die Bojen herum und sie war erlöst.

Und jetzt erwischte sie wieder die Entlastungs-Depression. Sie glaubte, nach dieser Veranstaltung die glücklichste Frau der Welt zu sein und lief doch ins Hotel wie Falschgeld. Kurt kam lustig mit und amüsierte sich:

„Audrey, ich habe jetzt aber gedacht, Du hättest Dich ein kleines bisschen besser um die Knoten gekümmert."

„Lieber Kurt, freu Du Dich auf Deinen Baldeney-See und bleib mir fort mit Deinen Knoten. Bis heute Abend." Sie trollte sich ins Olympia und wusste fast nicht, wohin mit sich selbst, bis ihr nur blieb, die allernormalste Urlaubsaktivität zu tun, die es gibt: Duschen vor dem Abendessen.

Normal aßen sie ihre Halbpensions-Ration mit Roderick, der sich geduldig alles Wichtige und Unwichtige vom Tage anhörte und sehr gern leise lachte. Der Doc war so phlegmatisch wie immer und erschien ein wenig entspannter und frisch gemacht für die Preisverteilung, die erst um Zehn in der Disco „Don Quichotte" stattfand. Was aber bloß tun bis dahin, es war gerade mal halb Acht. Ein paar Karten schreiben vielleicht, oder schon losziehen durch den Ort und ein paar Andenken aussuchen? Nicht sehr vielversprechend. Audrey verplemperte kein Geld. Sie ging ein wenig nach oben und dann ziellos über die Promenade, setzte sich, sah diesen und jenen fröhlich winken und geduldete sich. Es war eine der wenigen Eigenschaften, die ihr schwer fielen. Sonst hatte sie an alles gedacht. Diesen Diario de Mallorca verstand sie nicht sehr gut, Mallorquin musste eine besondere Variante des Spanischen sein, sie verstand auch die Menschen schlecht und Geelkea erzählte, die Mallorquiner seien ihr anfänglich sehr, sehr verschlossen erschienen, als sie vor fünfzehn Jahren in der Segel-Station von Puerto Soller anfingen. Weg mit dieser Zeitung. Es war erst Neun. Und einige Male die Promenade hinauf und hinunter. Wie lang sechzig Minuten doch sein konnten. Sie ging als eine der Ersten in die Disco und trank einen Schweppes. Bis halb Elf füllte sich der Saal und Mauro trat ans Mikrophon.

„So," sagte er gedehnt, um es auszuprobieren und Audrey stockte der Atem. Welch eine irritierende Stimme er hatte. Sie wollte ihn jetzt keinesfalls den anderen überlassen nach all den Kämpfen in diesen ziemlich furchtbaren zwei Wochen. Die Leute himmelten ihn mittlerweile alle an, Männer wie Frauen. Mauro war eine bedeutende Instanz, genauso wie Randolph und Geelkea und noch lange vor dem tollen Mathematik-Professor Sören und wie diese klugen Leute alle in ihren zivilen Leben hießen und was auch immer sie dort machten. Jetzt kam endlich ihre Zeit. Dieses „So" von Mauro war wie das Einstöpseln eines Laser-Gerätes in eine Steckdose. Jetzt wollte sie den anderen Mauro sehen und die echte Audrey Stevenson sein. Die Discothek füllte sich und sie fragte sich, woher all diese Leute kamen und sie bevölkerten. Traugott und Yasmin Auffahrt waren ruhig und lustig wie immer, Roderick nicht zu sehen und der Doc kam gemächlich nach Elf, der den Betrieb hier gut kannte. Normal fielen Audrey die Augen nach einem Segel-Tag sofort zu und sie war in den vierzehn Tagen nie in der Disco gewesen und kannte die Szene von Soller nicht. Außerdem mochte sie laute Discotheken-Nächte noch nie. Mauro eröffnete ungeheuer gelassen und verhalten strahlend den Abend. Er wirkte hinreißend mit seinem verteufelt langen Körper, dem schmalen Gesicht mit dem klassischen grau-weißen Kurzhaarschnitt und seinem Super-Outfit. Er trug immer schöne Hosen und besonders feine T-Shirts und war in Segelschuhen von einer derartig schlaksigen Attraktivität, daß Audrey ständig ins Trudeln kam, interessierte er sie oder war alles Blödsinn? Nein, er interessierte sie jetzt sogar sehr und alle angestaute Erfahrung aus den sehr eng beieinander verbrachten vergangenen vierzehn endlosen Tagen brach aus ihr heraus, wenn sie sich nicht zurückhielt. Nie hätte er Bermudas mit Birkenstock getragen. Ihr Diethelm zwar auch nicht, auf den sie doch immer so stolz war, aber der war jetzt sehr, sehr weit weg.

Die blöde Elke aus Berlin war brav mit ihrem Mann da und hatte selbstverständlich die Aufgabe übernommen, sich bei Mauro offiziell für den Kurs zu bedanken.

„Wir haben schöne vierzehn Tage gehabt", war das einzig Passende, was Audrey ihrer Rede zu entnehmen glaubte. Sie mochte Elke nicht besonders, weil die immer alles konnte, ein ganz nettes Figürchen und immerhin einen Ehemann mitbrachte, dennoch ein so nichtssagendes Gesichtchen hatte, daß es Audrey gerade zuwider war. Eine brave Tour, Mauro immer zu bemuttern, ob ihm nicht zu kalt wäre auf dem Motorboot! Sie hatte ihn einmal darauf hingewiesen, er könne sich doch auf eine Schwimmweste setzen, damit er es wärmer hatte.

Audrey würdigte sie keines Blickes, die die ganze Zeit wenig mit ihr zu reden hatte und heute Abend wollte sie es erst recht nicht mehr anfangen. Die A-Scheine wurden in alphabetischer Reihenfolge überreicht: Arnold, Auffahrt, Iglseder, Lehfeld bis es zu den hinteren Buchstaben im Alphabet kam. Audrey ging auf die Bühne und Mauro beglückwünschte sie. Sie hatte den Schein halb bestanden und egal. Hauptsache, das Segeln hatte geklappt, die dämlichen theoretischen Fragen konnte sie irgendwann nachholen. Er umarmte sie und sie fand sich baff und zurückhaltend zugleich. Jetzt hatte sie zwei so ausgefüllte Wochen mit diesem Mann wie ein Gott verbracht und stand nun ganz allein mit ihm auf dieser Disco-Bühne. Sie fühlte sich verloren. Der nächste kam hoch. Audrey ging einfach wieder und konnte sich für den Rest des Abends auf nichts mehr konzentrieren. Die theoretischen Fragen wiederholen. Okay. Aber segeln konnte sie. Mit Burgunde und Rembert zuerst auf dem Starnberger See und dann auf hohe See gehen. Ein fantastischer Plan. Natürlich saß Elke genau neben Mauro zwei Reihen weiter und Audrey hielt sich getreulich an ihren Doc und versuchte, Roderick zu sehen. Auffahrts waren gegenüber und Audrey sagte gleich noch einmal, daß sie sich baldmöglichst schriftlich melden würde, um das Nachtreffen zu organisieren. Sie mochte sie am liebsten. Irgendwann verließ sie zeitig das Lokal und war am Samstag morgen kurz nach Zehn wieder am Steg, um zu einer kleinen Regatta nach Bon Aire zu segeln. Sie freute sich sehr auf Mauro und nur sehr wenig auf die anderen, täuschte sich aber empfindlich.

Er fuhr nicht mit, sondern hatte einen freien Tag.

Ein anderer, netter Segel-Lehrer, Tjark, unheimlich blond, drahtig und sportlich, begleitete die Regatta. Audrey ging mit Auffahrts auf ein Schiff und der Tag wurde wunderbar entspannt. Mit Yasmin Auffahrt segelte sie zum ersten Mal, sie war nicht mit im A-Schein-Kurs gewesen und begleitete ihren Mann nur touristisch, ohne sich im geringsten für diesen wichtigen Schein zu interessieren.

Am Strand von Bon Aire gab es ein tolles Picknick und manch einer war noch ein wenig müde und freudig entspannt am wirklich letzten dieser aufregenden Segel-Tage, Traugott unwahrscheinlich nett und ein sicherer Segler. Unverkrampft machte er das und sie schafften den Regatta-Sieg heimwärts zurück nach Puerto Soller ohne Konkurrenz. Bei Manuel wurde noch ein bisschen gefeiert in der Segler-Kneipe, wo dicke Schinken-Seiten über der

Bar hingen wie in einer Schlachtbank. Audrey nippte ein wenig an ihrer Sangria und sprach nicht viel.

Die Verabredung mit dem Doc, Roderick und den Auffahrts in München war soweit vorgesehen und auch Tourniers aus Dachau sollten kommen. Die wollten sie gern auf einem kleinen Umweg mit nach Hause nehmen im Auto, falls Audrey nicht am Flughafen abgeholt würde. Das war bis jetzt nicht hundertprozentig festgeklopft. Sie wusste nicht, ob Diethelm oder Burgunde kommen würden. Die konnten sich untereinander noch absprechen, sie hatte sich telefonisch nicht mehr darum kümmern können.

Audrey war egal, mit wem sie heimfuhr, sie wollte nur mit Mauro segeln und hatte sich auf diesen Tag sehr gefreut. Doch nichts war davon geworden. Sie war bitter enttäuscht und ging zeitig schlafen.

Am Abreise-Morgen stiefelte sie ein wenig durch Soller und sah nach den Parfum-Preisen, als ihr auf der Promenade plötzlich Mauro begegnete, sie stand ihm direkt gegenüber und hatte ihn nicht einmal kommen sehen.

„Ja, Grüezi, Audrey."

„Hallo, Mauro!" Sie zückte geistesgegenwärtig ihre Mini-Kamera.

„Bitte ein letztes Foto, dann ist der Film herunter. Du wirst es nicht glauben, aber Traugott, seine Frau und ich haben gestern die Regatta von Bon Aire zurück gewonnen."

„Da schau, her, gut, Audrey." Er umarmte sie locker und beglückwünschte sie.

„Es war nicht schwer, Traugott segelt gut." Sie wusste nicht recht, was sie ihm noch sagen sollte. „Ach, wo Du doch aus Gstaadt bist, da war ich schon einmal Skifahren vor ein paar Jahren mit Freundinnen. Ich habe da Skifahren gelernt."

„Ja, dann komm doch, wenn Du Lust hast, einmal wieder zum Eberskamm-Rennen. Dann treffen wir uns auf ein Glas Wein."

„Gut, Mauro, könnte sein, daß ich einmal wieder dort bin. Bis dann."

„Brauchst bloß in der Skischule nach mir fragen, Audrey, mach's gut und komm gut heim." Sie umarmte ihn freundschaftlich mit einem der üblichen Luftküsse, die sie sonst entsetzlich, weil überflüssig fand. Das hier war aber doch ganz fantastisch. Sie freute sich wahnsinnig auf das Foto und die Heimreise, über ihren halben Segel-Schein und das Leben wurde nach all dem Stress jetzt langsam wieder lebenswert. Diesen Herrn wollte sie kennen lernen, an dem all diese Segler so hingen, der sie faszinierte und dem sie nachschauten, auf den sie warteten, der ihnen eine Erleuchtung war und sich in seiner Weise vorzüglich um sie bemühte, wenn auch im schriftlichen Teil der Übung für sie noch ohne Erfolg.

Mauro war für die Segel-Schule schon öfter in Griechenland in einer Station tätig gewesen und würde im nächsten Sommer wieder dort sein, wurde erzählt.

KLAPPTANZ

*B*eschwingt trat Audrey die Heimreise an und Burgunde stand am Flughafen. Sie hatte zuhause ein chices Essen vorbereitet: Perlhuhn mit sehr feinen Sachen, Gemüsen und ihren verführerischen Desserts. Diethelm war auf Dienstreise in Moskau und kam am nächsten Abend über Polen zurück. So war es mit ihm immer. Sie telefonierten lange nicht jeden Tag, wohin sie gingen und er war jede Woche mindestens auf einem kleinen europäischen Auslandsflug, einmal im Monat auf einem größeren, zweimal im Jahr auf längerer Asien-Tour neben vielen Fach-Messen in Russland, Japan und der ganzen Welt.

Und Marbold hatte zwar keins ihrer wunderbaren Gläser zerschlagen, dafür aber mehrere Strafzettel kassiert in ihrem Auto und war gleich am Abend ihrer Abreise noch mit einer Frau in ihrem Schlafzimmer abgestiegen, erzählten die Nachbarinnen amüsiert. Auch Burgunde lächelte erfreut.

Audrey hatte ein wunderbares Porträt von Mauro geschossen und war glücklich, daß es nicht verpatzt war. Gleich schrieb sie ihm einen Brief nach Mallorca, wo sie arbeitete und schickte ein paar Fotos. Er dankte in einem Brief in grüner Tinte und sehr schöner Handschrift: Liebe Audrey, das ist ja interessant, was Du so alles machst. Vielen Dank für die Fotos und für Deinen Brief. Ja, wir hatten stürmische Tage jetzt und gestern konnten wir nicht hinaus aufs Wasser. Nur mit dem „Dich auf mich stürzen", wie Du schreibst, wird es nichts, da ich in festen Händen und somit bestens versorgt bin. Dir alles Gute. Ich höre gerade griechische Musik, die ich sehr gern mag. Dein Mau.

Es war umwerfend. Eine so schöne Handschrift hatte sie noch in keinem Brief je von einem Mann oder einer Frau bekommen. Die Oberlänge seines M war doppelt so hoch wie die normalen Buchstaben und das ließ auf einen hochgeistigen Menschen schließen. Sie ahnte, daß er interessant war und würde ihn bombensicher in Gstaadt besuchen. Und sie auf griechische Musik zu bringen, war das Tollste, was jemand überhaupt schreiben konnte. Natürlich war es ganz wunderbare Musik, sie hatte es sich bis jetzt nur nie so klar gemacht. Griechenland gefiel ihr und sie hatte einige griechische Freundinnen, die wieder andere kannten. Audrey mochte sie alle überaus gern.

Ihm hatte sie geschrieben, daß sie sich im Normalfall schon auf ihn gestürzt hätte, wäre er nicht ihr Segel-Lehrer gewesen und es war auf ihr ganzes Techtel-Mechtel bezogen.

Aphroditi wunderte sich über Mauro: „Der ist doch mindestens Fünfzig!", entrüstete sie sich, aber Audrey ließ sich nicht im geringsten aus der Ruhe bringen.

Sofort rief sie Auffahrts an und verabredete das Treffen. Beiläufig erwähnte sie:

„Mauro hat mir einen Brief geschrieben."

„Mauro hat Dir einen Brief geschrieben?" Yasmin war hörbar baff und das war recht ungewöhnlich für sie. Sie arbeitete als Erzieherin und war ein sehr rationaler und fröhlicher Kerl. Auffahrts wollten ihre Dias mitbringen und Audrey lud Roderick und den Doc für drei Wochen später zum spanischen Abend ein. Sie kaufte ein spanisches Kochbuch und hatte ihre helle Freude an den Vorbereitungen. Auch Tourniers kamen zu feinen Tapas, Paella und flambierten Bananen. Audrey war auf nichts so gespannt wie auf Auffahrts Dias und insbesondere auf die von Mauro. Vor lauter Aufregung bekam sie auf ihrem eigenen Fest dann aber nicht einen einzigen Bissen herunter. Die party ging sehr lange. Roderick war müde und übernachtete bei Burgunde, der Doc und Auffahrts bei Audrey auf den Gästebetten. Und Roderick war ein wenig enttäuscht, bei so langen Abenden käme nichts heraus. Das tat es natürlich auch nicht und man saß nur um der

Geselligkeit willen zusammen, erläuterte Audrey ihm ein wenig mütterlich

Diethelm war auf einer Messe in Düsseldorf. Wetzte er insgeheim irgendein Messer? Merkte er etwas?

Sonntag Vormittag ging Audrey zu ihrer schönsten Stunde über und sah sich die Dias von Auffahrts noch einmal in einem kleinen Guckkasten an. Traugott amüsierte sich freundlich und Yasmin sagte aus Sympathie lieber nichts. Audrey schwelgte in seinem Anblick: ein so stattlicher, schlanker und markanter Mann war ihr noch nie begegnet und sie musste mehr über ihn wissen. Sie musste ihn in Kürze einmal unter vier Augen sprechen und würde ihn im nächsten Sommer in Griechenland wieder vierzehn Tage in diesem entsetzlich theoretischen Kurs genießen, um den Schein zu kriegen.

Burgunde schmunzelte. Audrey klatschte vor Freude innerlich in die Hände.

Diethelm erfuhr natürlich nichts Näheres über Mauro. Audrey wusste schließlich auch nichts über seine Reisen, wen er so kennen lernte und wollte sich auch nicht besonders dafür interessieren.

LÄNDLER

Gleich in den Weihnachtsferien wollte sie nach Gstaadt fahren, um ihn zu sehen und nicht erst bis Ende Januar zum Skirennen warten. Dummerweise wollte ihre Mutter jetzt plötzlich mitkommen nach Gstaadt, mit der sie sonst nie zusammen Urlaub machte, geschweige denn Winter-Ferien. Sie ließ sich jedoch nicht davon abbringen und Audrey nahm sie einfach im Auto mit. Doof fand sie außerdem ihre unmögliche Mohair-Mütze, aber auch da war Helen Stevenson jetzt plötzlich stur. Ihre einzige Tochter an einen Ski-Lehrer zu vergeben, erschien ihr zu gefährlich und sie wollte unbedingt mitkommen, um das Schlimmste zu verhindern, erschien es Audrey. Nun gut, es würde schon gehen. Auf der anderen Seite fiele dann Diethelm gegenüber nichts auf. Sie mieteten sich im Katharinen-Hof hoch über Gstaadt ein und Audrey fuhr als Erstes im Städtchen in die Skischule in den Rochushof auf dem Eberskamm. Eine sehr charmante Dame namens Ulli antwortete gleich sehr nett:

„Er kommt um Fünf hierher zum Rapport." Und noch nie war Audrey so beschwingt und voller Vorfreude gewesen wie an diesem sonnigen Tag in Gstaadt. Sie wählte den neuen blauen Ski-Anzug, für den sie extra zwei Kilo abgenommen hatte und fand sich wieder im Rochushof ein. Alle Grünen Teufel von Gstaadt trudelten in ihren grünen Pullovern in die Kamin-Stube und beschlossen den Ski-Tag. Es war gemütlich voll, die Leute stampften mit dicken Ski-Stiefeln auf dem Holzboden herum und waren meistens sehr abgekämpft. Nicht so jedoch Audrey, die strahlte glücklich und war doch sehr ängstlich, wie sie auf Mauro wirken würde nach all der Anspannung im Segel-Kurs hier in einer ganz anderen Welt. Er sah sie und strahlte vor Freude, als er sie freundschaftlich in die Arme nahm. Und genau das wollte sie, sich an ihm wärmen und sich an seiner ganzen Art freuen.

Mit Diethelm kollidierte gar nichts und sie wusste von ihrer alten Freundin Undine, daß nur das wichtig ist, was zwei Leute zusammen erleben und nicht das, was passiert, wenn sie nicht zusammen sind. Bei Undine war auch nichts schiefgegangen und die hatte schon immer eine sehr, sehr gute Einstellung, dachte nur noch an positive Erlebnisse nach einem Herzstillstand mit Zwanzig und war überhaupt eine sehr genussvolle Karriere-Frau.

Audrey wollte jetzt nur langsam wissen, was es mit seinen festen Händen auf sich hatte. Er schüttelte sie gerade freundschaftlich durch und die Ski-Lehrer lachten.

„Ich geh` jetzt mit dem Dirndl ein Bier trinken", winkte er und führte sie nach hinten. Hier stand ein herrlich grüngekachelter Kamin und er schaute nach zwei Plätzen. Audrey war furchtbar wütend auf das „Dirndl" und alles, was sie in ihrer jungen Karriere sein wollte, war, einen chicen Job in einem feinen Kostüm machen, aber nichts mit „Dirndl". Sie verstand seinen Scherz wieder nicht gut, kriegte ihn genau wie im Segel-Kurs in den falschen Hals und sagte es ihm gleich. Er lachte und schüttelte den Kopf. Das Bier war herrlich und sie erzählte ein wenig mehr aus ihrem Leben. Den Prospekt aus ihrer Sprachen-Schule, wo sie sehr schön abgebildet drinstand, brachte sie mit und plauderte ein wenig über ihre Freunde und Nachbarn im Haus, mit denen sie im Frühjahr lossegeln wollte. Sie erzählte von ihrem Völkchen, wo jede Woche etwas Neues passierte und daß ihr Leben eigentlich sehr reizvoll sei.

„Das kann ich mir vorstellen", nickte er und bestellte noch zwei Bier. Sie löste sich ein wenig aus der angespannten Vorfreude, als sie zu zweit wie allein in der überfüllten Stube saßen und in Ruhe sprachen. Er war Ski-Trainer nur für Privatleute und führte keine Gruppen. Sie konnte also nicht mit ihm Ski fahren und hätte es für ihr Leben gern gemacht. In diesen Weihnachtstagen hatte er Griechen zu Gast, die er schon lange kannte. Sie liebte

Griechenland und äußerte ihre Absicht, in diesem Land bei ihm den Segel-Schein, Theoretischer Teil zu wiederholen.

„Ja, dann kommst Du halt und sagst es mir vorher noch."

Ihr stockte der Atem bei soviel freundlichem Entgegenkommen. Da hatte sie so entsetzlich dienstliche Urlaubswochen mit ihm hinter sich und niemals das Schüler-Lehrer-Verhältnis persönlich befrachten wollen. Da sagte der jetzt einfach: „dann kommst Du halt und sagst es mir vorher noch." Wow! Es war nicht zu glauben und ihre Spannung und Vorfreude auf den Sommer stiegen in ungeahnte Höhen. So wollte sie leben. Einen attraktiven Job und einen noch etwas attraktiveren Mann, das heißt einen, der einen noch viel schöneren, weil in der freien Natur angesiedelten Job zu machen schien, zusätzlich kennen lernen.

„Ach, weißt Du, Audrey, mir erzählen jedes Jahr ungefähr hundert Leute, daß ihnen ihr Job nicht gefällt und daß sie so was wie ich machen wollen. Zehn von ihnen versuchen es vielleicht auch einmal und steigen aus." Es leuchtete ihr ein und ihr eigener Job war absolut nicht schlecht, nur soviel Freiheit in der frischen Luft hatte sie eben nicht. Sie ging jeden Morgen so pünktlich wie möglich in ihr chices Büro, lief in der Schule herum und dieses schon zwei Jahre lang.

„Hm, Mauro, diese Weihnachtssterne auf dem Tisch kriegt man übrigens ganz gut durch den Winter bis zum nächsten Jahr, wenn man einen grünen Daumen hat."

„Hast Du so einen grünen Daumen?"

„Ja, schon, glaube ich wenigstens ein wenig."

Sie verabschiedete sich und er schlug vor, sich in zwei Tagen, am Donnerstag nach dem Skifahren im Café „Annabelle" zu treffen. Sie war begeistert. Dann war auch ihre Mutter abgereist und sie blieb noch allein übers Wochenende, um ihren Pass abzufahren und hatte eine

Woche Kurs bei Mauros Kollegen Georg genommen, Gruppe Drei, Mittlerer Schwierigkeitsgrad.

„Ja, gern, Mauro, bis dann."

Sie begeisterte sich über ihn und ihre Mutter schaute stumm im Speiseraum vom Katharinenhof herum. Gott sei Dank, reiste sie Mittwoch morgen allein ab und Audrey hatte ihren Mauro im Annabelle ganz allein für sich. Nichts würde dazwischenkommen.

Sie kam im Ski-Kurs gut durch und amüsierte sich ganz gut mit den Leuten. Zehn Fahrer waren in der Gruppe und einige starke Japaner dabei.

Der heißersehnte Donnerstag kam und Audrey nahm ihre kirschrote Skihose mit dem zitronengelben Anorak, den sie für diesen Urlaub auch neu bekommen hatte und war mächtig chic. Im Annbelle tauchte Mauro in normalen Sachen ohne Skischuhe auf und Audrey fand ihn super. Alles war jetzt einfach nicht mehr so dienstlich wie bislang.

Sie saß an der Bar und hatte sich Schweizer Reis mit Johannisbeeren bestellt.

„Aber was machst Du denn da, Audrey, die ißt man doch nur im Sommer!" Er war im Spaß entrüstet und das war wieder genau wie im Segel-Kurs. Sie hatten immer, ohne es zu wollen, Differenzen und tanzten unsichtbar regelmäßig Tango.

„Mauro, Du hast recht, aber sie sind wunderbar." Fast schämte sie sich, diesen gastronomischen Fehler begangen zu haben, im Hochwinter eingemachtes Obst zu bestellen. Und in Wirklichkeit wollte sie doch nur wissen, was er mit seinen festen Händen normal machte und fragte tapfer:

„Mauro, hast Du eigentlich Kinder hier?"

„Ja, drei."

„Söhne und Töchter?"

„Drei Jungen sind das."

„Ach, wie hübsch und besuchen sie Dich in den Ferien?"

„Ja, die sind immer da."

Aber wichtig war gemäß und Dank Undine nur, was sie zwei jetzt in diesem Augenblick erlebten und nichts sonst. Darauf konzentrierte sich ja der gute Diethelm auch immer. Audrey, lass Dich nicht aus dem Takt bringen, ermahnte sie sich. Nach mehr Familie fragte sie einfach nicht und er beließ es dabei.

„Schön, und weißt Du, ich bin mit meinem Job ganz glücklich, möchte mich aber eigentlich doch mehr frei bewegen, nicht so angekettet an diese Schulräume sein, die zwar sehr schön sind, aber ich möchte selbst mehr mit Sprachen zu tun haben und nicht nur Unterricht verkaufen."

„Dann mach` es doch, Audrey, es gibt immer Möglichkeiten." Ein klares Wort. Niemand sagte ihr sonst so deutlich und ehrlich etwas für sie Wichtiges. Diethelm natürlich auch nicht. Der murmelte höchstens etwas von: Musst Dir eben denken, daß es klappt.

Mauro bezahlte und schlug vor, sie nach Hause zu fahren. Sie nickte und ging mit zu seinem Auto, einem marineblauen Käfer.

„Ist ja die richtige Segler-Farbe, Mauro." Er lachte sein natürliches leises und tiefes Lachen, das sie an ihm so mochte, wenn sie es in Spanien irgendwo von weitem gehört hatte und ihn nicht einmal sah, erkannte allein an ihrem Lachen oft von weitem die Menschen und besonders die, die sie gern mochte.

Auf der Fahrt hinauf zum Katharinenhof hielt er an und küsste sie, wie man es als Teenager macht und als Erwachsener dann, wenn es brennt. Sie fand es ein wenig seltsam, aber unendlich aufregend und bestätigend, diesen Wahnsinns-Typ, der so anziehend für alle Menschen, ob Mann, Frau oder Kind war, jetzt wirklich allein für sich zu haben und zu küssen. Sie kam sich eigentlich zu alt für Sex im Auto vor, aber das Abenteuer war es wert und sie fragte sich noch, was ihn jetzt dazu bewog, sie zu umarmen. Er riskierte diese Heimlichkeit vielleicht deshalb, weil sie sich im Kurs auf Mallorca so eisern zurückgehalten hatte. Es ging ganz gut, sie war ein wenig aus der Übung mit Sex im Auto, aber das fantastische Gstaadt unter ihr und die inzwischen vertraute Atmosphäre im Katharinenhof öffneten sie ein wenig und sie hatte Vertrauen in ihn und das, was er jetzt tat und wollte.

„Dann bis im Sommer in Griechenland, Schöner," verabschiedete sie sich. „Ich kündige mich an."

„Ja, wunderbar, Audrey, Fürti." Er fuhr hinunter und sie ging ein wenig taumelnd ins Haus in ihr Zimmer, zog die neuen Sachen aus und gemütliche Leggins mit dem hellblauen Norweger an, den ihre Mutter von einer Reise mitgebracht hatte und aß in Ruhe zu Abend. Sie musste sich ein wenig beruhigen, ging auf den Balkon hinaus und schaute auf das beleuchtete Gstaadt hinunter. Die Aussicht war umwerfend klar und der malerische Ort in seiner Beleuchtung traumhaft schön. Und sie hatte mit einem der besten Exemplare des berühmten Ortes im Auto gerade heftig geknutscht. Ihr war durchaus klar, als sie all die anderen Bauern-Jungs als Ski-Lehrer gesehen hatte in ihren feinen Pullovern mit den bunten Streifen auf den Ärmeln und den roten Mützen, daß sie nicht die einzige dienstliche Bekanntschaft von Mauro war. Nicht klar war ihr, daß der Eberskamm ein schwieriges und steiles Skigebiet war, auf dem sie gerade ein wenig trainierte und sie merkte an keinem Abend, welche Kraft sie alle im Kurs aufbrachten, um auch noch die letzten Hänge bis zum Rochushof herunterzukommen.

Spätnachmittags war sie oft zu müde, nochmals in den Ort zu gehen und die Geselligkeit im Katharinenhof abends war so nett, daß der Wirt oft mit allen, die Lust hatten, in die Goldene Gems hinunterfuhr und damit ein wenig Nachtleben anbot. Audrey holte ihr Auto selbst vom

Parkplatz an der Skischule ab. Sie kannte den kleinen Ort noch ganz gut von Winterferien damals her, hatte aber vieles nicht mehr im Kopf. Am dritten Urlaubstag, dem Tag, an dem man besonders müde wäre, wie es hieß, hatte sie sich den Knöchel so schmerzhaft verstaucht, daß sie kaum noch Lust hatte, abends auszugehen und war nur an einem Abend ohne großen Spaß mitgehumpelt. Ihre Freundinnen hielten sie für zimperlich und unkameradschaftlich und sie fuhr später nicht mehr mit ihnen in die Ski-Ferien.

Sie genoss die kleinen Straßen von Gstaadt in den letzten Tagen ein wenig im Auto und ging zu Fuß, kaufte sich ein Woll-Tuch, spazierte an den holzgetäfelten, bemalten Häusern vorbei, an den Trachten-Geschäften und feinen Läden mit Ski-Sachen, den Lokalen und dem See.

Der Kursabschluss war gesellig, das Januarwetter sonnig und Audrey am Ziel ihrer Wünsche, diesen Star des Horten-Segelclubs nun unter ihren Fittichen, in ihren Armen zu haben, zumindest bis jetzt schon einmal gehabt zu haben. Das war doch schon eine ganze Menge für den Anfang. Sie fuhr beseelt nach Hause.

Und ging wieder in ihre Schule. Am schwersten fiel ihr, morgens immer zeitig um Schlag Acht aufzuschließen, wo ihr sonst eigentlich alles Spaß machte. Wenn sie sich leckere Brötchen vom Bäcker mitbrachte und Kaffee durchgelaufen war, alle Lehrer pünktlich mit dem Unterricht begonnen hatten, was nie ganz sicher war, denn gelegentlich gab es Krankmeldungen und Ausfälle, fiel ihr der Tag leicht. Sie beriet Kandidaten in persönlichen Gesprächen, hatte Verständnis für ihre Bedürfnisse und ihre Ängste, im Unterricht zu versagen. Zu ihren Vorkenntnissen machte sie mit ihnen einen kleinen Eignungstest und sie meldeten sich bei echtem Interesse gern an.

Exotische Sprachen waren nicht schwieriger, Arabisch genauso gut zu vermitteln wie Russisch oder Chinesisch und die Schul-Organisation sehr gut, die Unterrichts-Methode war einsprachig und Audrey musste nur Wünsche der

Schüler herausfiltern, Lehrer beiziehen, was nicht regelmäßig stattfand und die Kursteilnehmer gut betreuen. Es war für sie das Allerdankbarste daran. Ihr erster Job war sehr gut. Sie konnte Freunden aus dem Studium Jobs besorgen und sie häufiger sehen. Es hatte schon zweimal geklappt.

Und sie lernte selbst nach den aktuellen Schulbüchern Business-Englisch und kommerzielles Französisch, hörte Italienisch auf Kassetten und hatte einen höchst abwechslungsreichen Tätigkeitsbereich.

Diethelm merkte sicher etwas von ihrem Gstaadt-Urlaub und hatte etwas herausgehört, sagte aber nichts. Sie versuchte einfach, nicht an Mauro zu denken, wenn er da war und es ging ziemlich gut. Diethelm konnte scheinbar von früher her auch ein wenig segeln, hatte aber wenig Zeit zu einem so aufwendigen Hobby bei seinem Job. Er spielte immer Tennis mit Rodrigo und Pirmin, dessen Freundin Denise auch eine sehr gute Sportlerin war. Audrey hasste pure Sportlichkeit, weil es ihr geistlos erschien, immer nur zu laufen und dieses auch noch möglichst schnell oder in eine Sandkiste zu springen, im dämlichsten Fall noch möglichst weit. Auch Skifahren konnte sie nicht so gut wie Diethelm, der ein guter Fahrer war, aber nur sehr selten dazu kam. Er besuchte gelegentlich seine Eltern in Augsburg und in den Ferien seinen Bruder. Das ganze Jahr über war er auf Reisen und erholte sich gern davon in seiner Wohnung in Büttendorf.

Audrey fieberte der Urlaubszeit entgegen. In der Privat-Schule „Sprich's aus" gab es keine festen Ferien-Termine und sie wollte außerhalb der Saison im September nach Griechenland zum zweiten Mal den A-Schein versuchen. Mauros Station war in Agios Nikolaos auf Kreta und er hatte sie allein zu betreuen zusammen mit Klaus, einem jungen Sport-Studenten, der ihm ein wenig assistierte und Surfen unterrichtete.

Sie begann, Griechisch zu lernen, setzte sich in einen Kurs und lernte kyrillische Schrift jeden Morgen als Erstes im Büro eine zeitlang. Es ging sehr gut.

Und an Pfingsten wollte sie übers Wochenende mit Burgunde auf den Chiemsee zum Segeln. Die kannte die Segelschule Eggenreich noch von ihren eigenen Anfängen mit dem A-Schein her und freute sich auf die schönen, alten Holzboote.

Der Nachmittag begann recht nett und die Sonne schien. Audrey hatte ein fabelhaftes neues T-Shirt in zartem Hellblau, weil sie auch im Urlaub schöne Sachen liebte und die olle Burgunde verstand allein das schon nicht. Und natürlich kam ein Sturm wie an fast jedem Nachmittag auf, der Burgunde am Steuer sehr ängstigte. Sie schaute hilflos aus ihren großen, runden Augen und befahl tapfer: „ Ziehst Du bitte die Schwimmweste an?" und das war´s auch schon für sie. Kaum waren sie eine Stunde auf dem Wasser und Burgunde hatte gerade noch von einem schönen Lokal am Ufer mit besonders gutem Pflaumenkuchen erzählt, als dicke orange-rote Leuchtbojen am Ufer hochgeschossen wurden. Audrey übernahm das Steuer, nachdem Burgunde den Eindruck hatte: „Willst Du besser zurückfahren?" und gesehen haben musste, daß es Audrey nicht das allergeringste ausmachte, das schöne alte Holzboot sicher in den Hafen zu steuern. Zwei Boote mit Männercrews lagen an den Stegen gekentert auf der Seite und die starken Segler hatten sich in der Aufregung wohl vertan. Audrey verstand es überhaupt nicht, ein Steuer aus der Hand zu geben und es auch bei noch so viel Wind nicht in der Hand zu behalten. Vielleicht nützte ihr ihre angeborene Ruhe oder ihre Koordinationsfähigkeit auf dem Klavier, daß sie ein einziges Stück Holz als Ruder leicht in der Hand mit der Windstärke spielen ließ und das Boot in Null-Komma-Nichts auf dem Punkt am Steg anhielt. Die Aufregung war genau wie in Soller beim Ab- und Anlegen, wo es um nichts anderes ging, als möglichst etwas Wind zu haben, um überhaupt herauszukommen. Heim zu erschien es ihr jedes Mal noch viel leichter und sie hatte ihre diebische Freude an den Männer-crews, die sich ziemlich blamiert hatten. Wahrscheinlich immer große Sprüche geklopft und die Kenterung noch besonders heroisch und wichtig hinterher dargestellt. Sie durfte es sich gar nicht erst vorstellen.

Ende August schrieb sie an Mauro, sie könnte im September kommen und was sie ihm mitbringen sollte, vielleicht etwas, das es auf Kreta nicht gab. Er rief sie eines Abends an:

„Du, bring mir doch ein wenig dunkles Brot mit. Hier gibt es immer nur Weißbrot."

„Ja, gern, Mauro und möchtest Du vielleicht eine Musik-Kassette? Du kannst natürlich immer toll griechische Musik hören, ich dachte aber jetzt an etwas Abwechslung für Dich."

„Das ist wahnsinnig nett, Audrey, und ich werd mir´s überlegen. Ich ruf Dich wieder an."

Sie plante fieberhaft, unbedingt ein paar Kilo abzunehmen und aß Ananas und Papaya. Ein neuer Bikini oder zwei mit passendem Pareo und ein guter Haarschnitt mussten unbedingt vorher auch noch sein. Und daß Diethelm von ihrer reinen Sportsfreundschaft möglichst nichts merkte. Es fiel ihr eigentlich leicht. Da kam eine Karte von Mauro mit zwei hübschen Sonnenschirmen am Meer, wie es sie so geschmackvoll nur in Griechenland gibt: Ich freue mich, wenn Du kommst. CD Mozart, Klarinetten-Konzert G-Dur KV 622. Mau.

Sie war baff.

Jetzt interessierte der sich auch noch für klassische Musik und Diethelm eigentlich überhaupt nicht. Nur wegen ihr las er zwar manchmal das Musik-Feuilleton in der Süddeutschen, aber nur, um so zu tun, als könne er kompetent über Musik reden. Im Grunde betrieb er ja nur Tennis und Skifahren mit seinem Trio. Rodrigo hatte inzwischen auch eine Freundin und lebte mit ihr zusammen.

Für den alten unterhaltsamen Roddi war es zunächst nicht leicht gewesen, eine Nette zu finden, die ihm gefiel und umgekehrt. Aber Diethelm ging außer Tennis-Spielen denn doch für sein Leben gern in Museen. Es war wohl wirklich so, obwohl er durchaus ehrlich zugab, Steinbeck nur wegen des Prestiges gelesen zu haben. Nein, Kunst interessierte ihn wirklich und Audrey hatte es acht Jahre lang gehört.

Die Musikliebe war gleich wieder ein hoher Pluspunkt für Mauro. Sie ging sofort ins Reisebüro, buchte einen Flug und brachte die Mozart-CD mit. Ihre Euphorie war hoch. Bei klassischer Musik arbeitete man besser, wusste sie aus einer amerikanischen Studie unter Chirurgen, die für alle Menschen gelten konnte und auch bei jeder noch so trivialen Geräusch-Kulisse wie Radio-Musik beim Autofahren konnte man sehr gut Ziele programmieren und meditieren. Viele Mediziner und Chirurgen arbeiteten einfach zur Musik von RTL.

Vor der Abreise sah sie sich einen französischen Fernseh-Film über einen Einhand-Segler namens Barral an, der auf einer Atlantik-Überquerung verrückt wurde, Bachs Matthäus-Passion auf dem Ozean hörte und schließlich auf dem Schiff alle elektrischen Leitungen im Delirium herausriss. Sie fand das Szenario grandios, wie viele Dinge im französischen Fernsehen. Das Deutsche hatte sich glücklicher Weise erheblich gebessert und die Innovation hatte langsamen Fortschritt gebracht. Es gab keine Werbung mehr für Slip-Einlagen, Klo-Papier und Luftverbesserer wie früher. Die Ideen waren ästhetischer und die deutschen Filme inzwischen auch.

Und sie ging jetzt in ihre eigene griechische Film-Kulisse, die jedoch mit verdammt harter Arbeit, diesem elenden Segel-Schein verbunden war. Nichts gab es geschenkt.

Und Diethelm meinte, es könnte sein, daß auch er geschäftlich in Griechenland zu tun hätte. Er wüsste es aber noch nicht ganz genau und würde sie in ihrem Hotel anrufen. Audrey ging es zu einem Ohr hinein und zum anderen wieder hinaus. Sein Freund Pirmin hatte jetzt ein Kind mit Denise und war sehr beschäftigt. Audrey staunte nur, wie das bei denen so klappte. Pirmins Sekretärin Jorinde kannte sie entfernt aus deren Kolleginnen-Clique und die sagte immer, sie sei froh, wenn die zickige Denise nicht mit auf ein Geschäftsessen käme. Und dann war Audrey schadenfroh, nicht ganz so zu leben wie Diethelm in seiner eisernen Freundes-Clique. Nein, sie würde sich in diese aufregende Segel-Welt stürzen und nur am Rande mit Diethelms Leuten feiern. Und der Blödmann musste ihr jetzt doch wohl nicht ausgerechnet nach Griechenland nachreisen. Sie ließ die Idee einfach im Raum stehen und konnte ihn dafür nicht hassen. Sie konnte es nicht.

PENTOSALI

*D*er Ort Agios Nikolaos war noch nicht zu sehen, als sie im Hotel eincheckte und sich ihr Zimmer ansah. Auf der Terrasse blühten edle Rosen in Gelb, Rosa und Weiß und sie ging am Sonntagnachmittag als erstes zügig ein wenig schwimmen in ihrem hocheleganten neuen weißen Bikini mit Seiden-Schimmer. Wie immer fand sie sich doch noch ein wenig zu dick und schwamm gegen halb Sechs einige erste Runden. Und wer kam da mit dem Motorrad an der Strand-Straße vorbei? Sie winkte Mauro, den sie auch mit Sonnenbrille auf dem Rad sofort erkannte. Seine schlanke Gestalt und der graue Kopf in der einmaligen Haltung waren unverkennbar. Er stellte das Motorrad ab und kam auf sie zu.

„Aphrodite persönlich, Grüezi Audrey."

„Hallo Mau," sie umarmte ihn, naß wie sie war, vorsichtig und achtete auf seine Kleider.

„Das ist aber recht, Audrey, bist Du gut angekommen?"

„Ja, war sehr schön, Du weißt ja, wie gern ich in Griechenland lande."

„Dann laß uns doch später ein Glas Wein trinken, so um Neun?"

„Natürlich, lieber Mauro, möchtest Du zu mir kommen? Nummer 110."

„Ja, willst Du noch schwimmen?"

„Nein, ich trockne mich jetzt ab und gehe hinein."

„Also dann!"

Im Zimmer nahm sie den neuen weiß-roten gestreiften Bikini mit den Marine-Motiven und den passenden Pareo. Es war recht schön hier zu ebener Erde zum Garten hinaus. Sie verteilte die Mitbringsel: Brot, die CD und salziges

Gebäck auf dem Tisch. Er klopfte und sie war sehr ergriffen. Jetzt kam er erstmalig wirklich privat zu ihr zu Besuch, nachdem sie oft in Lokalen gewesen waren und sie waren allein. Endlich einmal ohne die ewigen anderen Segler, Touristen, Ski-Fahrer und Grüne Teufel. Er war in festen Händen, aber an diesem Abend bei ihr, hatte eine Flasche Retsina dabei und sie nahm die griechischen Wassergläser aus dem Regal mit auf die Terrasse hinaus. Er war hell begeistert über die Fress-Tüte und die CD.

„Das Klarinetten-Konzert spielen viele junge Studenten vor, wenn sie sich in einem Orchester bewerben", wusste Audrey.

„Ach, wirklich? Es gefällt mir gut und vielen Dank für alles, Audrey."

„Es sieht ein bisschen aus wie Weihnachten hier".

„Es is t Weihnachten."

Er öffnete die Flasche und Audrey trank in ihrem Leben nichts lieber als Retsina. Dieses jetzt mit dem Herrn, der die schönste Errungenschaft war, die sie jemals kennen gelernt hatte. Er überstrahlte mit seiner Erscheinung, seiner Ruhe und gelassenen Art alles, was sie vorher an Männern gesehen und gehört hatte. Vergessen war der ewige Diethelm und es erschien ihr wie bei Zeus im griechischen Götter-Himmel angekommen zu sein, so sehr beeindruckte er sie. Sie dankte ihm mit ihren Geschenken für all die Schönheit, die er in ihr Leben brachte und die ihre Freundinnen gern mit ihr teilten, obwohl sie es nicht ganz verstanden, ein so viel älterer Mann. Sie kannten ihn nur von dem Foto aus Soller, wo er unrasiert und müde aussah und wer ihn nicht wirklich erlebt hatte, hatte nicht die geringste Ahnung seiner Wirkung auf Menschen. Dem Geheimnis wollte sie jetzt auf die Spur kommen.

„Ja, wenn Du drei so schöne Söhne hast, ich nehme jedenfalls an, daß sie sehr hübsche Jungen sind, hast Du vielleicht noch Geschwister und Eltern in der Schweiz?"

„Nein, ich habe keine Eltern mehr und hatte sie auch nie. Ich bin als Waise bei Verwandten aufgewachsen. Meine Mutter starb, als ich ein halbes Jahr alt war."

Audrey erschrak nicht allzu lange. Sie hatte in München einen Freund, der auch sehr früh beide Eltern verloren hatte und ein extrem feiner, umgänglicher Kerl war. Diethelm ärgerte sich zuverlässig und regelmäßig stark darüber, wenn Audrey Johannes grundsätzlich immer verteidigte, sogar schon lange, bevor sie von seiner Lebenslage überhaupt erfahren hatte. Und auch Mauro schien von der Sorte zu sein, die sehr viel in ihrem jungen Leben ertragen hatten und daher emotional nicht mehr ganz so übervorsichtig und egoistisch waren wie viele Zeitgenossen. Es war ihm vielleicht nicht schlecht gegangen und Audrey versuchte, sachlich zu sprechen:

„So etwas traumatisiert."

„Ja, das traumatisiert."

Sie stießen mit ihren Wassergläsern an und der Moment für einen Kuss war da, dieser besondere Moment, sich synchron aufeinander zu zu bewegen und das Bett anzustreben. Man konnte noch so sehr auf die Dreißig zugehen, es war jedes Mal wohl ein umwälzendes Erlebnis, jemand ganz Wichtiges zu küssen und Audrey hatte Angst davor. Unbekanntes macht Angst, sagten Psychologen. Wie würde es sein? Was würde sie erleben?

„Weißt Du Audrey, es ist mit mir so, daß es gleich kommt, kannst Du es entgegennehmen?"

Das dürfte nun wohl auch kein besonderes Problem mehr darstellen und es bestätigte eher ihre kürzliche Erfahrung aufgrund einer Information von Nachbarin Pamela, die gesehen hatte, daß Menschen mit großen furchtbaren Erlebnissen in der frühen Kindheit besonders liebenswürdige Exemplare wurden. Sie blies ihn furchtbar gern und er kam tatsächlich sofort, nachdem er stand. Sie ging ins Bad. Das Radio funktionierte nicht und sie sprachen nicht mehr viel, lagen ein wenig nebeneinander und Audrey dachte über nichts mehr nach. Welch ein Tag!

Der Segel-Kurs begann. Mauro kam mit einer feinen schmalen weißen Hose und blau-grauem T-Shirt zur Begrüßung der Kurs-Teilnehmer. Audrey war noch ein wenig benommen und doch wieder hingerissen von seiner Gestalt. Sie ließ sich nicht das Allergeringste anmerken, vernachlässigte ihn eher und ging nicht einmal besonders locker mit ihm um. Sören Lehfeld war wieder da, der erfahrene, gute Segler und seit Mallorca auch längst im Besitz des feinen Scheines, diesmal aber wohl nur als Tourist. Einige kameradschaftliche Typen waren im Kurs, insgesamt waren sie jetzt nur acht Kandidaten. Es würde also richtig intensiver Unterricht werden und dauernd war man dran, wurde gefragt und musste Antwort geben. Audrey brauchte aber wenigstens nachmittags nicht mehr mitfahren, sondern nur zwei Stunden morgens in der Theorie sitzen und dann aß sie gemütlich mit den anderen zu Mittag. Wenn die hinaussegelten, konnte sie am Strand bleiben, Wasserski fahren oder sich sonnen. Gelegentlich wollte sie mitsegeln, wenn sie nicht schon morgens für ein - zwei Stunden zusammen hinausgingen. Sören lachte:

„Den A-Schein kann man gar nicht oft genug wiederholen" und Audrey verkniff sich ihren Ärger. Sie ging am ersten Nachmittag ein wenig durch den Ort und sah sich Privatzimmer an, um nicht so dicht an der Segler-Clique zu sein und überhaupt wohnte man bei Griechen privat doch viel schöner. Sie fand ein weißes Haus mit einem tragenden Granatapfelbaum davor und herrlichen Rosen und sprach am Abend mit Mauro, ob er ihr behilflich wäre, ihre Sachen herüberzufahren. Es war fast ein Kilometer zu laufen und in der Hitze fiel es ihr mit dem Segelsack ein wenig schwer. Die Hotelanlage und die Segel-Schule lagen am Rand von Agios Nikolaos und sie ging jetzt ein wenig näher zum Ortskern hin.

„Ich bring Dir heute Abend Deine Sachen, Audrey, stell`
sie mir doch einfach an die Rezeption. Ich komme gleich
gegen Sieben und dann können wir, wenn Du willst, ein
bisschen Motorrad fahren."

Um Schlag Sieben war er mit dem Gepäck vor dem Haus
und als sie das Motorrad hörte, winkte sie vom Balkon.

„Ja, komm gleich runter auf das Motorrad, hast Du noch
keinen Hunger?"

„Okay, gut, Mauriz, fahr ein bisschen langsamer. Ich
habe etwas Angst vor so etwas."

„Du bist noch nie Motorrad gefahren? Dann wird es aber
Zeit, daß Du das auch einmal machst. Setz Dich und halt
Dich an mir fest." Er half ihr und ihre echte Vorsicht
amüsierte ihn, wo er sie als energische Streiterin aus seinen
theoretischen Kurs-Ausführungen aus Mallorca durchaus
kannte. Jetzt brauchte sie jedoch ein wenig mehr Mut. Er
trug bei seiner tiefdunklen, fast olivschwarzen Bräune ein
dunkelrotes Poloshirt und sah mit seinen funkelnden Augen
so sinnlich aus wie eine edle italienische Rotwein-Flasche.
Das musste sie Undine erzählen, die immer sagte, ihr Freund
sei wie ein Spargel-Stange.

Die Fahrt ging sehr gut. An einer unscheinbaren Stelle
am Meer hielt er plötzlich an und zeigte ihr Unterwasser-
Ausgrabungen, in denen Audrey zunächst nicht sehr viel
erkennen konnte.

Er interessierte sich natürlich immer sehr für das Land, in
dem er arbeitete und sprach gut Griechisch und Spanisch,
was Audrey über die Maßen imponierte.

Auf dem Meeresboden war eine Fläche von etwa hundert
Quadratmetern an sechs Punkten eingemessen und an Land
waren zwei feste Messpunkte zu sehen, zeigte Mauro. Sie
fand es zunächst etwas unscheinbar, es hatte aber
archäologische Bedeutung. Bei den Untersuchungen wurde
Keramik aus spätrömischer und byzantinischer Zeit
entdeckt. Scherben von Amphoren und Kannen gaben den

Archäologen Aufschluss. Das Museum in Heraklion nahm die Fundstücke zur Sichtung und ein großes Grabungsteam untersuchte die Oberfläche des Meeresbodens. Neue Funde konnten beschrieben werden. Die eigentliche Ausgrabung geschah mit einer Absauganlage und eine Vielzahl von Messungen wurden eingetragen: Tiefe und Lage im Grabungsfeld, Dias wurden angefertigt und eine Reihe von Funden auf Video-Filmen festgehalten. Mauro zeigte ihr das Grabungshaus, wo die Funde vor ihrer weiteren Bearbeitung zunächst restauriert wurden. Er interessierte sich im Gegensatz zu Audrey sehr dafür, die normal auch starken Sinn für griechische Antike entwickelte, bei ihrem harten Job mit dem Segler-Latein fiel es ihr jedoch überaus schwer, sich jetzt auch noch auf Archäologie zu konzentrieren.

In einem Restaurant gab es zuerst Tintenfisch und Schnaps und all die anderen Sachen, die Audrey liebte: Auberginen mit Kartoffeln, Lammbraten und sehr kräftigem Wein. Damit musste man immer ein wenig vorsichtig sein und sie war es meistens nicht. Auch war sie nicht mehr sehr gesprächig und hörte zu, wie er über Archäologie sprach. Neunzig Funde waren während der Kampagne gehoben worden und das meiste stammte aus mykenischer Zeit. Die Funde waren höchstrangig und Mauro begeisterte sich.

Er las auch gern in der Bibel, wenn er durch den Golf von Korinth fuhr, erzählte es, um Audrey aufzuwecken und um sie zu erheitern. Sie war mit solcherlei Interessen schnell zu ködern, merkte aber nicht, daß die Eingewöhnung in das kretische Klima und die Anstrengung des Umzugs in ihr Privat-Quartier sie völlig ermüdet hatten. Und dann dieser wichtige Mensch neben ihr, den sie sich seit einem Jahr sehnlichst wünschte und nun bei sich hatte, ganz allein mit ihm war und es nur einigen Seglern verheimlicht werden musste, strengte sie sehr an.

Sie staunte über das Niveau dieses Mannes, der als Skilehrer solche Interessen pflegte und sie in ihrem Leben sehr motivierte - bei dem Image, das seinem Beruf sonst eigen war.

Immerhin konnte sie beim Essen einige Zeilen aus der Odyssee, einem ihrer Lieblings-Bücher zitieren: Allda ist auch ein Markt um den schönen Tempel Poseidons, Ringsumher mit großen gehauenen Steinen gepflastert; wo man alle Geräte der schwarzen Schiffe bereitet, Segeltücher und Seile, und schöngeglättete Ruder. Denn die Phäaken kümmern sich nicht um Köcher und Bogen, aber Masten und Ruder und gleichgezimmerte Schiffe, diese sind ihre Freude, womit sie die Meere durchfliegen. Audrey liebte die Musikalität der Verse und die herrliche Übersetzung von Voß, die sie gerade wieder in einer Ballett-Bearbeitung von John Neumaier in München inspiriert hatten, den Text zu lesen. Die jambischen Verse begannen mit einer betonten Silbe und wechselten regelmäßig mit unbetonten Silben.

Sie fuhren auf dem Moped zurück und liebten sich in dem großen Bett in ihrem neuen großen, spartanisch eingerichteten griechischen Zimmer. Dieser Tag war lang und sehr ausgefüllt gewesen.

Morgens hatte sie es immer sehr eilig, pünktlich im Kursraum zum Unterricht zu erscheinen, ging dann in den Ort und aß ein wenig in den Hafenkneipen. Nachmittags hatte sie wirklich frei, tatsächlich Urlaub und musste am Strand nur ein wenig in das Segel-Buch sehen. Ohne diese leidige Pflicht wäre die ganze Sache fast zu schön gewesen, um wahr zu sein. Am Abend kam Mauro zu ihr, wenn er sich um alles gekümmert hatte, schon ein Glas mit den Seebären an der Bar getrunken hatte, nahm das Motorrad und fuhr zu ihr. Sie saßen manchmal schweigend nebeneinander auf einer einfachen Liege auf ihrem Balkon und schauten hinaus. Auch Audrey wollte nicht immer reden, sie tranken Wein aus Wassergläsern und er erklärte, was er in Griechenland erfahren hatte. Sehr brachte ihn die hohe Steuerflucht auf und er wusste es exakt, weil er zusammengenommen inzwischen viele Jahre in Griechenland verbracht hatte. Sie staunte über seine Erfahrungen.

„Audrey, jetzt unternimm aber doch nachmittags ein bisschen was hier."

„Ach, Mauro, ich war doch schon einmal auf Kreta und kenne Knossos, Festos und Matala und die Museen in Heraklion. Dieses Mal möchte ich hier nicht so viel machen, glaub mir."

„Dio potiria" bestellte er, wenn sie zusammen in einem Lokal saßen und Audrey schwor sich, sofort bei passender Gelegenheit in ihrer Schule wieder zum Griechisch-Lehrwerk zu greifen.

Nur war zuvor das Segel-Lehrwerk dran. Sie verstand bei Mauro nicht viel mehr als im Jahr davor, redete nur nicht mehr so viel an ihm vorbei und verteidigte sich nicht, sondern verhielt sich in allem möglichst zurückhaltend und unauffällig. Freundlicherweise sagte niemand etwas, Gottseidank auch der nette Sören Lehfeld nicht, der sie sehr genau zwei Wochen lang auf Mallorca gesehen hatte.

Beim Mittagessen mit der ganzen Clique einmal auf der Hotel-Terrasse wollte sie wissen, was zum Nachtisch bestellt würde.

„Wir nehmen immer Eis" berichtete Sören und Audrey schlug zur Abwechslung vor, doch lieber einmal die Trauben zu ordern.

„Eh, eh", schüttelte Sören ernsthaft den Kopf, als wäre es wirklich wichtig und das Eis besser als frische Trauben. So war die Clique wieder genauso eingefahren wie letztes Jahr. Immer alles in der Truppe tun, essen gehen, Bier trinken und zur Abwechslung mit Mauro zu einem Segel-Ausflug in eine versteckte Taverne aufbrechen.

Ein toller Witz war ihnen ständig auf den Lippen, wenn sie am Strand die Oberweite von Frauen mit der Einheit „Greif" versahen. „Bei neunzig Greif hört das auf", bestimmte Sören als Fachmann. Er sprach sonst immer davon, daß man niemals vergessen durfte, auf einer Yacht eine Badeleiter herauszuhängen, wenn alle im Wasser und niemand mehr an Bord war. Das wiederholte er mehrmals. Und er fügte leichthin dazu: „und wenn Du nachts einen verloren hast, kannst Du nur hoffen, daß der schnell ertrinkt. Den findest Du nicht wieder." Audrey schaute ungläubig und dachte im Stillen: „Wir fänden ihn mit vereinten Kräften doch."

Es war wunderhübsch, unter Weinreben zu sitzen und frischen Käse und griechisches Weißbrot zu essen, Audrey nahm ein wenig Wein und kein Wasser. Mauro mit der ganzen Verantwortung für die Schiffe, ihre Besatzung und sein Motorboot trank durchaus auch Wein, einen Schnaps und sehr viel Wasser.

Der Prüfungstag näherte sich und ein feiner älterer Herr vom deutschen Segler-Verband war schon seit Donnerstag im Hotel und sah sich die Sache von weitem an. Audrey gefiel er nicht. Er verhielt sich auffällig freundlich, lag mit seiner Frau am Strand und lachte die Leute an. Für Audrey war er ganz einfach im feindlichen Lager.

Freitag morgen war die Prüfung auf der Hotel-Terrasse um Zehn. Und dieser Prüfer namens Walter schlug doch allen Ernstes vor: „wenn Ihr eine Frage nicht wisst, sprecht vorher mit mir darüber. Nicht, daß Ihr etwas Falsches ankreuzt." Audrey fand es für deutsche Behörden so ungewöhnlich, daß sie Walter und seine kleine Frau schlagartig fest in ihr weites Herz schloss. Das hatte die Welt noch nicht gehört. Es klappte ganz knapp. Sie erreichte das Ziel gerade soeben und konnte mit den anderen feiern. Walter war sehr höflich beim Tanz auf dem Dorfplatz und kümmerte sich nett um seine Ernestine. Audrey änderte ihre Ansicht über ihn sofort.

Die Griechinnen schwangen ihre Beine ballettös und Audrey freute besonders ihre gerade Tanz-Haltung, die eher noch ein wenig zurückgelehnt als nach vorn gebeugt war, was sehr ungeschickt gewirkt hätte. Die stolzen Griechen hoben beim Serviko ihre Arme und Hände sehr hoch, die Damen höchstens bis zur Schulterhöhe. Sie tanzten Sirtaki und Serviko, die Griechinnen in tollen Outfits und die Deutschen mit treuen Augen in blütenweißen Bermudas mit Birkenstock-Sandalen und ihren neuen Haarschnitten.

Im Hotel lag eine Nachricht von Diethelm für sie. Er wollte das Wochenende zu ihr nach Kreta kommen und hatte sich zuvor sinnigerweise auch einen Geschäftstermin nach Athen gelegt.

Audrey steckte in einer ziemlichen Klemme. Sie hatte zwei so schöne Wochen verlebt, diesen anstrengenden Schein absolviert und jetzt kam der blöde Kerl, den sie seit neun Jahren kannte. Musste das eigentlich unbedingt sein? Sie wollte noch ein paar Tage bleiben und ohne die anderen Segler bei Mauro sein. Und jetzt der dämliche Diethelm. Sie hatten vor ihrer Abreise am Rande davon gesprochen. Oh Gott. Samstag morgen gegen Elf wollte er da sein und sie am Strand treffen. Sie sagte Mauro:

„Morgen kann ich nicht mitkommen. Ich kriege Besuch. Es ist mir lästig," und es quälte sie. Sie wollte Diethelm nicht sehen und schon gar nicht näher bei sich haben, sondern hier nur Maurizio Lugauer. Dennoch hatte sie Diethelm telefonisch höflich erklärt, den kleinen Ort zu finden, denn das war ja das Schöne an Griechenland: alles war so übersichtlich. Er hatte es noch in München vage angekündigt und da sie ihn nicht angerufen hatte, wollte er sie überraschen. Auf der anderen Seite wollte sie bei Mauro und seinen festen Händen auch nicht so mutterseelenallein dastehen und durchaus zeigen, was sie hatte. Diethelm war weiß Gott nicht schlecht. Sie lag am Strand und sah aus einiger Entfernung einen blonden Mann auf sich zukommen, der Diethelm entfernt ähnelte, unter der Sonnenbrille konnte sie ihn aber nicht richtig identifizieren. Als er vor ihr stand, nahm er seine Brille ab und sie sprang auf:

„Mit Deiner neuen Brille hätte ich Dich fast nicht erkannt!"

„So, so" schmunzelte er und zog sein doofes Hemd aus. Sie mochte schon von vornherein nicht, daß er es lang einfach über der Hose trug und hatte auf ihn sowieso eine ziemliche Wut. In Athen hatte er sich den Fuß verstaucht und konnte nur schlecht laufen, trug auch noch Holzpantinen, die Audrey absolut nicht ausstehen konnte und die für seine Verletzung genau das Allerverkehrteste waren, was es gab. Sie schüttelte den Kopf. Nein, er wollte keinen Stütz-Verband aus dem Hotel, sondern mit ihr hinausschwimmen.

„Ja, gut, schwimmen wir zum Ponton". Er fasste ihr vulgär zwischen die Beine und sie fürchtete, die anderen könnten sie vom Strand aus sehen, die so müde nach der A-Schein-Party in der Sonne hingen. Sie wehrte ihn sanft ab und er machte es natürlich wie immer nur aus Protest. Sie hasste es, wenn er sie in der Öffentlichkeit eines Kinos oder jetzt auf dem Wasser so bedrängte und er machte es nur zu seinem Spaß, um sie zu provozieren.

„Ich zeige Dir eine Runde Wasserski, mein Bester, Du wirst es nicht glauben, ich habe es hier gelernt," und drehte eine erfolgreiche Runde. Das konnte er nicht auf sich sitzen lassen und fuhr mit seinem verstauchten Knöchel demonstrativ selbst eine Runde. Sie machte ein paar Bilder und wunderte sich über diesen neu erwachten Männlichkeitswahn oder Beschützer-Instinkt. Sonst kümmerte er sich auch nur um sein Tennis und da machte sie nicht viel. Wieso musste er jetzt überhaupt hier auftauchen und auch noch diese Runde Wasserski mitfahren?

„Bin ich Dir lästig?"

„Nein, ich bin nur noch etwas benommen von der A-Schein-Feier gestern Abend."

„Ging es lange?" Er lachte. Die anderen sahen sie von weitem und Audrey hoffte nur, daß es keine direkte

Gegenüberstellung von Mauro und Diethelm geben würde. Sie befürchtete dunkel, es käme zu einem Duell des einundzwanzigsten Jahrhunderts.

Diethelm verführte sie den ganzen Nachmittag lang in ihrem Zimmer. So verrückt war er sonst schon lange nicht mehr. Er war jetzt Ende Dreißig und hatte seine besten Jahre hinter sich.

Abends saßen sie fast allein als einzige Gäste in einem hübschen Restaurant in einem Rosen-Garten, das Audrey auf dem Weg schon immer sehr verführerisch gefunden hatte und sahen die Segler-Clique mit Mauro auf der Straße vorbeiziehen und zu ihrer abendlichen Kneipen-Tour in den Ort stiefeln. Öfter war sie nicht dabei gewesen, Mauro hatte sich dann zeitig verabschiedet und war ein wenig später zu ihr gekommen. Sie erzählte Diethelm jetzt zum Schein, daß sie die Leute nicht jederzeit um sich haben wollte und fühlte sich schlecht und untreu allen beiden zugleich gegenüber, was im Nachhinein gesehen ziemlich überflüssig war, ihr im Moment jedoch auch diesen Abend sehr erschwerte. Sie wollte eigentlich nicht mit Diethelm über das Thema reden und ging mit ihm in ein Kafeneion, um noch etwas Griechisches zu unternehmen. Die Atmosphäre im Neon-Licht war stickig und im Rauch war auch innen alles hellgrau verhangen. Es begann zu regnen und ein Sturm kündigte sich an. Sie hatte mit Diethelm nur wenig Gesprächsstoff. Und bis der wieder abgereist war hatte er sie im Bett noch einige Male wie blöd zur Brust genommen, was er sonst nicht mehr so häufig machte. Mann, musste der eifersüchtig sein! Aber er sagte nicht viel, blieb diplomatisch und vor allem sprach er sie nicht auf Mauro an. Da blieb er wie immer sehr klug, vorsichtig und insbesondere auch recht weitsichtig zugleich.

Sonntag Mittag wollte er abreisen, um Montag früh in Athen bei seinem Termin zu sein.

Das Wetter war sehr stürmisch und niemand konnte hinaussegeln. Sie mussten praktisch nach dem Frühstück im

Bett bleiben, bis sein Schiff endlich ging. Audrey wollte ihn Mittwoch in Athen treffen. Es bedeutete noch zwei ungestörte Tage mit Mauro und die Segler-Clique verabschieden, die am Abend abflogen und einen schönen letzten Urlaubs-Sonntag verbringen wollten. Wegen Wetters wurde es jedoch nur ein qualvolles Warten in den Hotelhallen und Adressen austauschen. Klaus-Peter lachte sich schlapp über Audreys Fernbleiben am Samstag Abend und tönte kernig:

„Wenn der Mann im Haus ist, werden die Frauen ruhig." Sie hätte ihn erwürgen können und sagte darauf zum Trotz:

„Da kommt ja mein Schöner", als Mauro auftauchte, um seine liebgewordenen Schüler zu verabschieden. Er mochte sie alle und sie waren wie meistens oder sogar immer für zwei Wochen ein wahnsinnig nettes Völkchen gewesen.

„Ich erinnere mich noch an den ersten Morgen, Sören, als ich Dich hier wiedersah, welch eine Überraschung."

„Ja, ja", spottete Klaus-Peter anstelle von Sören, der sich höflich lächelnd zurückhielt: „das war doch der Tag, als Mauro morgens mit so glücklichem Gesicht um die Bar herumlief." Audrey war fassungslos. Es war sehr charmant ausgedrückt und schmeichelte ihr auf eine Weise, aber sie hatte ganze zwei Wochen lang total vergeblich versucht, ihre Affäre mit dem Schönen geheim zu halten. Höflicherweise hatten sie alle nichts gesagt und Audrey konnte sich in der falschen Sicherheit wiegen, daß sie von ihrem Verhältnis nicht das Geringste wussten. Pustekuchen war´s und sehr amüsant von Klaus-Peter. Sie mochte ihn sowieso gern. Der Prüfer schien davon aber nichts mitgekriegt zu haben, sondern er schlug kameradschaftlich vor, alle Prüflinge könnten ihn zuhause am Bodensee zu einem Bootstörn besuchen. Audrey hätte es nicht für möglich gehalten, da sie ihn am Strand zu Anfang so neugierig und kritisch fand, obwohl er ein chicer älterer Herr und sehr gut gewandet war - genau wie seine Ernestine.

Ein Mädchen aus dem Kurs war mit dem netten Biertrinker Jochen nach der A-Schein-Party verschwunden und jetzt wollte er davon wahrscheinlich überhaupt nicht mehr allzu viel wissen. Es war der, dessen auffälligste Redensart war: „die hat ihm ein Gespräch ins Knie geschraubt", was Audrey in München später gern erzählte und den Ausdruck lustig fand.

„Du kriegst jetzt Briefe mit Herzchen" warnte Klaus-Peter Jochen vor. Audrey tat das arme Ding leid. Sie war sehr hübsch und dezent gewesen und jetzt der One-night-stand am letzten Urlaubs-Abend würde ihr sicher nicht viel bringen. Audrey machte das schon lange nicht mehr, wenn sie allein jemanden kennen lernte. Es schlauchte emotional einfach zu sehr.

„Wenn der Mann im Haus ist, werden die Frauen ruhig," wiederholte Klaus-Peter, zu Audrey gewandt, die ihre liebe Not hatte, sich ein wenig zu winden und ihre Kurs-Kameraden zu verabschieden.

Noch zwei Tage mit Mauro oder wenigstens zwei Abende, bevor sie nach Athen flog. Eine neue Bootsmannschaft für den A-Schein war eingetroffen und er begrüßte sie nett.

Ein letztes Mal kam er zu ihr und sie war sehr unglücklich, ihn zu verletzen, sich nach der schönsten Zeit ihres Lebens zu verabschieden und so viel mit ihm erlebt zu haben.

Er war Abschiede gewöhnt und kannte Menschen und Situationen. Ihre Stimmung war traurig, belastet und in seinen Augen lag unausgesprochener Schmerz. Er wollte keine besondere Miene verziehen und doch machte es ihm Schwierigkeiten.

Audrey musste nach Athen, nahm ein Flugzeug und traf Diethelm in seinem Hotel. Von hinten sah sie ihn in der Halle eine Treppe hinaufsteigen und rief ihn laut:

„Diethelm!"

Der Ton erschien ihr selbst etwas zu laut und er drehte sich um. Sie hätten sich sonst aber verpasst und Audrey erschien alles wieder ziemlich schwierig. Jetzt brach sie ein einziges Mal sportlich auf und aus ihrer Beziehung kurz heraus, da tauchte er als Platzhirsch auf. Sie fragte sich, woher er entnahm, wie wichtig ihr Mauro war.

Als Lappalie auffassen sollte man so etwas dennoch und es nicht allzu hochspielen, wusste sie von Nachbarin Pamela. Und das beruhigte eigentlich immer. „Ist doch eine Lappalie", beruhigte sie sich denn auch jetzt wieder erfolgreich.

„Jetzt gehen wir erst einmal richtig frühstücken", meinte er und es gab in diesem Hotel in Athen miserable Würstchen auf einem Buffet und griechisches Weißbrot und Wurstsorten, die sie absolut nicht interessierten. Alles war sowieso sehr schwierig. Er wollte gern mit einem Taxi in ein Museum für Ikonen fahren, aber der Fahrer fand es nicht. Stattdessen gingen sie auf die Akropolis und dort oben war es für Audrey jedes Mal wunderbar. Das Bauwerk und der Weg dahin, jeder Anflug auf diese Stadt und die lange schnelle Straße in die Stadt hinein waren für sie die schönsten Orte der Welt.

Nichts beeindruckte ihren architektonischen Sinn mehr als die Säulen dieser Tempel, ihre Lage so hoch über der Stadt, die man sich mühsam in der Hitze erwandern musste und die zierlichen Koren des Erechtheion-Tempels waren ihr ästhetischer Maßstab, wie auch das politische Temperament und die Wesensart der Griechen ihr am besten auf der Welt gefielen. Ihre vorbehaltlose Zu- oder Abneigung, ein Lamento, das sie fast in Trance brachte und die Lebensgeographie und Spontaneität, ihre temperamentvolle politische Aktivität, alles war ihr immer noch ein Rätsel, dem sie unbedingt näherkommen wollte. Mauro hatte ihr da viel voraus und sie wollte aufholen. Mit Diethelm zusammen in der Stadt war ihr Aufenthalt sehr nervös. Er hatte es immer eilig, durchzukommen und war ein sehr effektiver und erfolgreicher Mann. Und sie war jetzt mit ihm in ihrer Lieblingsstadt und auch das musste mit diesem Top-Manager wieder schnell gehen. Der Taxi-Fahrer verstand ihr Englisch nicht und sie fanden das Ikonen-Museum, das Diethelm so gern besuchen wollte, wieder nicht. Ersatzweise gingen sie in das National-Museum und Audrey fand es staubig, wusste nicht sehr viel über diese Archäologie und Kunstgeschichte und wandelte lustlos mit Diethelm an den weißen und roten Skulpturen und Krateren vorbei. Sie würde sich erheblich mehr mit Archäologie befassen müssen, wollte sie mehr über die Ästhetik wissen, die sie im Winter in München immer so anzog, wenn sie Griechenland-Bücher sah. In ihrem Kopf war die schöne, schwierige Zeit mit Mauro und den Seglern zu verarbeiten, eine ziemlich deutsche Atmosphäre und all die Motivation, die ihr Mauro über dieses Land vermittelt hatte.

Ihr Flug nach München von Hellenikon aus war pünktlich und am nächsten Morgen quälte sie sich in die Schule. Besser wären noch drei Tage Umgewöhnungszeit gewesen, aber sie musste gleich wieder einsteigen.

Also als erstes ein gutes Hotel-Frühstück vom Londoner Hof zum Trost beim Arbeitsbeginn bestellt und in der Mittagszeit die Fotos abgegeben. Am Abend war alles fertig und sie hatte Mauro toll auf dem Motorrad aufgenommen. Einmal hatte sie Sören gebeten, sie zwei auf dem Motorboot zu knipsen, es war aber nicht so schön geworden und sie saßen beide ein wenig schuldbewusst mit gesenkten Köpfen auf dem Bootsrand. Diethelm hatte von ihr ein sehr schönes in ihrem weißen Anzug auf der Akropolis gemacht und die von ihm in Athen waren total misslungen, aber die beim Wasserski sehr schön.

Sie nahm sich ein Griechisch-Lehrbuch und fing gleich an.

Die Fotos aus Kreta waren wunderbar für sie und die Zeit mit Mauro erschien ihr nachträglich berauschend. Wenn sie sich vorstellte, wie interessiert alle anderen Segler immer an

Mauro gewesen waren, machte er ihr nachträglich noch viel mehr Freude.

Sie musste ihn unbedingt in Gstaadt im Winter allein wiedertreffen. Zum Eberskamm-Rennen fuhr sie los und traf sich mit ihm auf seinen Vorschlag hin in einem entlegenen Hotel, wo sie die einzigen Gäste waren. Er trug einen feinen englischen Pullover mit Rhomben-Muster und in seiner schmalen Hose wirkte er wieder sehr jugendlich und verführerisch auf sie. Er ging sicher gut auf die Fünfzig zu und wenn er auch nur zehn Pfund mehr gewogen hätte, wäre er lange nicht mehr so attraktiv gewesen. Manche Männer wirkten allein durch ihre Schlaksigkeit hinreißend und so auch er.

In München brachte sie besonders Rembert zum Lachen, wenn sie von Mauro erzählte, er sähe aus wie Gregory Peck zu seinen besten Zeiten. Dann lachte der sein typisches trockenes Lachen, das sie an ihm so nett fand. Viel lachte er sonst nicht, aber viele andere waren in Deutschland inzwischen in Lachklubs aktiv, damit sie sich besser entspannten. Es gab da scheint´s auch Zertifikate wie beim Segeln, wo Audrey sich eigentlich immer genug über andere amüsierte, allerdings nicht unbedingt über Mauro. Den musste sie als Segel-Lehrer immer ernstnehmen, weil sie sich immer noch sehr anfängerhaft fühlte. In dem einsamen Hotel in Gstaadt hörte er ihr wieder gern zu und bestätigte sie rundweg:

„Dann mach doch endlich das, was Du eigentlich machen willst. Es gibt immer Möglichkeiten" meinte er nur lakonisch und strahlte sie an. Sie fuhren zusammen heim.

Auf den Fotos hatte er ganz schön glänzende, anmacherische Augen, meinte Pamela, als Audrey von ihrem Kurzurlaub erzählte. Sie versteckte die Dias und Fotos immer vor Diethelm und keiner verriet sie im Bekanntenkreis.

SIEBENSPRUNG

Sie lernte tapfer Griechisch und suchte sich Uni-Kurse für Archäologie heraus. Abends fanden einige Veranstaltungen statt, die sie gut nach der Schule besuchen konnte: Bestimmungsübungen zu griechischen Vasen. Vormittags ließ sie sich in der Schule für eine Vorlesung von ihrer Freundin im Sekretariat vertreten. Sie absolvierte ein erstes wichtiges Mittel-Seminar zum Vermessen, Zeichnen und Bestimmen antiker Scherbenproben mykenischer Keramik. Es faszinierte sie, die Stilrichtungen und Motive zu betrachten und einzuordnen. Der Weg in die Universität in die Schelling-Straße war ihr jedes Mal wie eine Verheißung. In der Schule konnte sie nebenher gut eine schöne Seminar-Arbeit in den Semester-Ferien schreiben. Sie ackerte tapfer und gern. Es beflügelte sie, an Grabungen zu denken und an eine Arbeit auf Feldern und in Museen.

Und sie war überzeugt, Mauro hätte seine helle Freude an ihrer Entwicklung.

Sie wollte genauso gern jetzt mit Ende Zwanzig ein Kind haben und beizeiten ein zweites oder noch ein drittes.

Und ließ die alten Verhütungs-Maßnahmen jetzt weg.

Ostern wollte sie mit Burgunde zu einem ersten Segel-Törn in die Karibik starten und besuchte zuvor die Düsseldorfer Boot, um sich ein wenig auf Kajütbooten umzusehen. Abends war vom Horten-Segelclub ein Ball und Audrey traf sich mit allen Freunden aus Mallorca wieder. Der Segel-Ball wurde sehr aufregend, Mauro war doch glatt das erste Mal mitten in der Ski-Saison im Januar aus Gstaadt bis hinauf nach Düsseldorf gekommen, was er sonst nicht machte und Audrey saß mit Tourniers und einem Freund von ihnen zusammen. Mauro kam mit Klaus-Peter an ihren Tisch und Audrey war ziemlich kleinlaut. Es fiel ihr schon allein sehr schwer, die zwei Herren einander vorzustellen, den Jüngeren dem Älteren. Mauro sagte allen Guten Abend und ging beizeiten wieder, um sich um tausend andere Gäste zu kümmern. Audrey hatte ihre liebe Not, sich um ihre Begleiter zu kümmern und lechzte nur nach einem.

Am Sonntag reiste Burgunde an und sie gingen zusammen über die riesige Bootsmesse. In vierzehn Hallen waren nur Schiffe zu sehen und der Tag wurde sehr anstrengend. Auf der einen Seite verstand sie jetzt Diethelms Messe-Tätigkeit wieder ein wenig besser. Zu Ostern wollten sie dann zusammen nach Martinique. Burgunde wollte von da aus nach zwei Wochen Segeln allein noch weiter nach Venezuela reisen. Sie blieb sechs Wochen fort und Audrey musste nach den zwei Wochen Törn gleich wieder nach hause.

Natürlich hatte sie auch Nachbarn Marbold gefragt, ob er Lust hätte, mitzukommen, aber er sagte:

„Mit einer Frau, mit der ich segle, muss ich auch `was haben." Audrey war da ganz anderer Meinung, aber bitte. Mit einem Mann, mit dem sie segelte, musste sie absolut nicht das Geringste haben, nur segeln sollte er können und Diethelm klinkte sich noch nicht direkt ein.

Sie suchte mit Burgunde in YACHT nach Karibik-Törns und fanden einen um Ostern herum gelegen, den sie buchten. Der Charterer aus Kiel war am Telefon immer sehr nett und auf dem Flughafen um Mitternacht sahen sie gleich die Leute aus Bernried, die mit ihnen fuhren, ein Ehepaar, bestehend aus einem netten dunklen, ein wenig unsicher wirkenden Herrn und einer schlanken Frau mit hellen, kurzen Haaren und einer Brille, die damit recht verspannt und hässlich wirkte.

REGGAE

*D*as erste Törn-Abenteuer war soweit ganz gut. Audrey schrieb eine Karte an Diethelm und fand wie immer ein wenig Distanz von ihm auf ihren Fahrten mit anderen Freunden. Sie begleitete ihn gelegentlich auf eine Dienstfahrt oder sie fuhren einen Tag lang in eine Kunstausstellung nach Stuttgart oder für ein Wochenende nach Berlin. Den Karibik-Törn fand sie sehr aufregend und war noch nie auf diesem Teil des Kontinents gewesen. Sie kannte die USA, aber Mittel- und Südamerika noch nicht. Diethelm gab ihr auf den Weg:

„Und einen anständigen Schwarzen für Dich". Herr Gott, dachte Audrey, wenn Du wüsstest, für wen ich mich eigentlich interessiere, würdest Du gar nicht so reden.

Genau in der Mitte der zwei Wochen zwischen Grenada und Martinique hatten sie als Mannschaft einen kleinen Bordkoller auf dem Schiff und umgingen einen größeren Kladderadatsch damit, an einem Abend ein einziges Mal n i c h t alle zusammen an Land auf Kneipen-Tour zu gehen, sondern Audrey und die Starnberger Seglerin Helen Gschwander blieben an Bord, jede für sich und saßen nicht einmal zusammen, ihr Mann trank mit dem Skipper und Burgunde an Land Cocktails und sie kehrten recht spät zurück. Am nächsten Morgen ging es Burgunde nicht besonders gut und sie tauchte mit der Hand vor dem Schädel an Deck auf: „Oh", sagte sie wie vom Himmel gefallen und hatte wahrscheinlich einen starken Kater. Das hätte sie jedoch nie zugegeben.

Gschwanders waren auf See und an Land ein Ehepaar genau wie Tourniers. Sie stritten dauernd und es war ziemlich schwierig.

SCHUHPLATTLER

*A*uf dem Rückflug klappte es mit ihnen aber ganz gut. Und Audrey wurde mit ihrem Diethelm wieder sehr glücklich. Er schlug vor, sie sollte jetzt ein Kind bekommen, er wollte es mit Vierzig gern erreicht haben, Vater zu sein. Sie überlegte. Ja, sie wollte ein Kind mit Diethelm, weil er ein sehr, sehr guter Vater sein würde. Und sie wollte eine schöne Doktor-Arbeit machen und als Archäologin erfolgreich arbeiten. Welch herrliche Ziele. Mauro wäre sicher ganz begeistert von ihrer neuen Orientierung.

Im Sommer sprach sie mit dem Archäologie-Professor Klamroth über eine Doktor-Arbeit und einigte sich mit ihm auf das Thema: Sportliche Darstellungen auf griechischen Vasen im Reichen und Strengen Stil. Die wissenschaftlich-theoretische Arbeit machte ihr bei ihrer Vorbildung viel Freude und sie würde die praktischen Semester zusammen in eine besondere Phase legen. Hart war nur die Sprache. Sie lernte mit Aphroditi viel und die redete immer so hart Griechisch mit ihr, daß es Audrey zuweilen leicht zuviel wurde. Einige Literatur konnte sie jedoch auf Italienisch lesen, was ihr etwas leichter fiel.

LA JOTA

*U*nd sie buchte für den September wieder Mallorca, wo Mauro in der Saison als zweiter Mann bei Randolph in der Schule arbeitete. Sie traf ihn an einem Abend in einer Kneipe an der Plaza Mayor und er wollte sie zum Essen einladen. In ihrer großen Verkrampfung, daß hier nun bloß niemand offiziell etwas von ihrer Bekanntschaft ahnen sollte, am wenigsten Randolph und am aller- allerwenigsten Geelkea, lehnte sie jedoch nicht einmal deutlich ab und schon gar nicht dankend. Sie bezahlte einfach selbst und er war ein wenig brüskiert. Er ließ sie allein in der Kneipe und ging vor ihr heim, vielleicht um ihr entgegenzukommen bei ihrem auch nur als Diskretion schon von vornherein fehlgeschlagenen Versuch, sich vor den anderen erst einmal nichts anmerken zu lassen. Sie sagte es ihm nicht klar genug und er mied sie, weil er es nicht richtig verstehen konnte. Gleich Montag morgens im Club Nautico war sie Mauro und Randolph gegenüber sehr verkrampft, weil sie nicht wollte, daß Randolph ihr ansah, wie gut sie Mauro inzwischen kannte und keinesfalls auffliegen wollte. Wahrscheinlich war Mauros Familie doch gerade erst nach den Sommerferien aus Soller entschwunden. Alles fiel ihr schwer. Und natürlich waren da auch zwei smarte Typen aus Nürnberg, Köllhofer und Peters, die gleich ein Auge auf sie warfen und sie hielt sie ein wenig auf Abstand. Der eine war attraktiver als der andere und sie hatten beide nichts anderes im Sinn als einen oder maximal einige one-night-stands. Audrey interessierten sie aber nicht halb so viel wie Mauro, obwohl sie ihn inzwischen wirklich recht gut kannte, ihn in seiner Heimat gesehen hatte und viel von seiner Persönlichkeit wusste. Und das war es ja auch, was sie ursprünglich bei ihrem ersten Mal in Soller an ihm kennen lernen wollte. Einen Super-Typen zu kennen war ihre geschlechtsspezifisch neugierige Pflicht und die hatte sich erfüllt.

Und sie verdankte ihm doch noch sehr viel mehr: ihre Motivation, sich für eine archäologische Zukunft stark zu machen, das zu tun, was sie wirklich in die Welt hinaus brachte und die schönen Welten der Segler und Skifahrer im Urlaub mit ihm zusammen zu erleben. Darin war er Mentor und wie ein Vater für sie gewesen.

Jetzt wollte sie die schnellen 470-er Boote segeln und es machte ihr enorm Spaß, mit guten Leuten zusammen so schnell über die Bucht zu sausen, wenn guter Wind war.

An einem Nachmittag war eine kleine Regatta und sie musste steuern. Ein Redakteur vom Bayrischen Rundfunk fragte treuherzig:

„Nimmste mich mit?" und sie musste wohl oder übel nicken, obwohl sie ihn nicht kannte und er ihr mit seinen kindlichen blonden Locken überhaupt nicht gefiel. Die schnelle Fahrt endete mit einer noch schnelleren Kenterung und es machte eigentlich nichts. Nur musste Mauro sie herausziehen und das war ihr seglerisch in der schnellen Regatta sehr unangenehm. Jedoch musste jeder Segler irgendwann einmal kentern und es geradezu beherrschen lernen. Sie überstand es mit dem doofen Redakteur dennoch gut, verlor nur ihre Kamera und hatte keine Fotos von dieser Reise.

Auf der Regatta-Feier wollten Randolph und Mauro sie ein wenig trösten, aber Audrey war deprimiert und müde, ging zeitig ins Hotel und sah wenigstens am nächsten Morgen wieder diese nette neue Dame, die ins Olympia gekommen war und immer allein frühstückte. Sie sprach sie an und hörte, daß sie in München Fluglotsin war, einfach nur einen ihrer Zehn-Prozent-Flüge abschrubbte und anfänglich nicht einmal recht gewusst hatte, was sie auf Mallorca mit ein paar Urlaubs-Tagen anfangen sollte. Audrey fand sie ausnehmend nett und schlug ihr vor, sie einmal sonntags mit einem Mietwagen mit über die Insel zu nehmen. Mit einem kleinen roten Seat düsten sie über Deia und Valdemossa bis Palma und aßen dort zu Abend.

Susanne Kuckuck war sehr unterhaltend, wach und interessiert an allem, was auch Audrey gefiel und das war sehr selten.

Der Kellner vom Olympia schlug eines Tages vor, wenn sie sich für ein Konzert der Wiener Sängerknaben interessierten, könnte er ihnen Karten besorgen. Eingefleischte Segler wie Köllhofer und Peters gingen natürlich sowieso nicht mit. Auch Mauro nicht, den sie fast nie allein sah. Gelegentlich nur lief sie ihm über den Weg und sie sahen sich nicht mehr, weil Audrey es hier wirklich nicht wollte, daß Randolph die kleinste Kleinigkeit davon mitkriegte, obwohl er es vielleicht längst wusste und es ihn eigentlich in keiner Weise betraf und zu betreffen hatte.

An einem Regentag sah sie Mauro an einem Spielautomaten im Club Nautico stehen und war entsetzt. Dieser kultivierte Typ an so einem Automaten! Sie war plötzlich bitter enttäuscht von ihm und hätte ihm das niemals zugetraut.

„Du kannst wohl nicht mehr aufhören", ranzte sie ihn in ihrer Empörung grundlos an. Genauso heftig gab er ruhig zurück:

„Wieso eigentlich?"

MENUETT

Zurück in München verabredete sie sich gern mit Susanne und die wurde ihr eine tolle Freundin. Trotz ihres besonderen Dienstes in der Flugsicherung war sie sehr beweglich und unternahm gern etwas mit ihr, wenn Diethelm für Wochen auf großer Geschäftsreise war.

TARANTELLA

*I*n den Osterferien ging sie mit Münchner Seglern aus einem Club nach Italien auf Törn und besuchte in Rom zuerst einmal alte Studienfreunde, die sie aus München kannte. De Vicariis waren sechs Geschwister und alle fanden sich zum Abendessen in der Wohnung im Vicolo Orbitelli ein und kochten Spaghetti für Audrey. Es war ein besonders familiäres Erlebnis für sie, all diese unterschiedlichen Charaktere in der großen, alten Stadt mit ihren kleinen Kindern zusammen an einem großen Tisch sitzen zu sehen.

Von Rom aus fuhren sie im Fiat nach Anzio, wo de Vicariis eine schöne Wohnung hatten und verbrachten das Wochenende am Strand. Auch die Eltern lernte Audrey in der Stadt jetzt kennen. Dann musste sie nach Neapel mit dem Zug und ihr Schiff suchen. Auf dem römischen Hauptbahnhof klaute ihr jemand die kleine weiße Handtasche, die sie zu offensichtlich obenauf in einer Strohtasche über der Schulter trug. Jetzt fehlte ihr für den Törn erst einmal eine Menge Taschengeld und sie musste sehr sparen. Und auch auf diesem Törn war wieder ein sehr unerfreuliches Ehepaar dabei, die sich zwar nicht stritten, weil der Herr der Schöpfung sehr friedfertig war, Iris war jedoch so unausstehlich, daß Tosca, die Frau des Skippers, Audrey eines Morgens vorschlug, sie zwei könnten doch lieber an Land frühstücken und Einkäufe erledigen, als wieder mit diesen Leuten zusammen den schönen Tag anzufangen.

Die Idee war sehr exklusiv.

Normal besagte ein ungeschriebenes Mannschaftsgesetzt, an Bord gefälligst zusammen zu frühstücken, auch wenn die Leute noch so mies waren, hatte Audrey entnommen. Da sollte man sich seinem Gesprächspartner links und rechts und gegenüber nichts anmerken lassen. Sie fand den

Vorschlag aber sehr gut und ging chic gestylt mit Tosca auf Capri frühstücken. Es wurde der allerteuerste Capuccino ihres Lebens und dann holte sie sich auf einer Bank frisches Geld. Jetzt konnte es etwas leichter laufen, wo Tosca die Stimmung ein wenig gelöst hatte. All die psychischen Belastungen von Crewmitgliedern waren völlig normal und auf längeren Törns jedes Mal die gleichen. Besonders, wenn man es gut kannte und schon einige Male erlebt hatte, war es etwas leichter, sich zurückzuhalten und die Diskussionen nicht zu konträr werden zu lassen. Audrey freute sich jetzt sehr darauf, auf dem Rückweg noch einmal de Vicariis zu sehen.

Sie verbrachten wieder ein tolles Wochenende mit ihr in Rom, zeigten ihr Trastevere und fuhren nachts durch die beleuchtete Stadt in ihre Wohnungen zurück, daß es für Audrey die reine Faszination war und sie sich vorkam wie in einem klassischen italienischen Schwarz-Weiß-Film. De Vicariis konnten gut Deutsch und sie hatte ein wenig Italienisch gelesen.

Für Burgunde brachte sie Käse und Kaffe mit, für Diethelm sein Parfüm Dior pour Hommes. Das roch sie auch sehr gern und benutzte es manchmal mit.

Und immerhin ging er jetzt freundlicherweise gelegentlich auch mit ihr in den Herkules-Saal und in die Oper, wenn er im Lande war. Sie würde sich also seinen Kinderwunsch überlegen und stellte sich ganz langsam auf ein Kind ein.

In Susanne Kuckuck aus Soller hatte sie eine tolle Freundin gewonnen, mit der sie viel unternehmen konnte, ihr aber von Mauro lieber nicht allzu viel erzählte, weil deren Chef die Segel-Clique sehr gut kannte und mit Mauro war es nicht so gut gelaufen auf Mallorca das letzte Mal, dass sie es freudestrahlend erzählt hätte.

Mauro wollte sie dennoch unbedingt wiedersehen.

Auf den Segel-Ball kam er dieses Mal nicht und Audrey tanzte mit Susannes Chef, mit Tournier und einem Freund,

den sie mitgebracht hatten. Es war recht nett. Diethelm war
für drei Wochen in Far-East, wie er gern sagte und vor Near-
East bevorzugte.

Audrey musste dennoch Mauro wiedersehen. Sie wusste,
in Jugoslawien würde er in der nächsten Saison arbeiten, wo
er sehr gern segelte.

Burgunde hatte jetzt einen Sohn bekommen und wollte
Audrey mit dem Kleinen gern einmal mit dem Auto nach
Gstaadt begleiten. Sie fuhren über Fasching hinauf und
Audrey stellte Burgunde Mauro vor. Er stand höflich auf,
um ihr im Ruprechts-Hof Guten Tag zu sagen und Audrey
fand ihn wieder nett. Auch Burgunde, die am meisten über
diese Affäre wusste, mochte ihn. Das Faschingswochenende
war sonnig und ihr kleiner Maximilian saß im Schlitten.
Audrey zeigte Burgunde den Wildpark am Egli und die
schönsten Kneipen, die sie inzwischen in Gstaadt kannte.
Der Kleine war immer dabei.

Rembert fand ihre Fotos besonders schön, weil die Sonne
so herrlich schien und sehr viel Schnee gefallen war.

In München rief Diethelm nachts aus Manila an, es
würde aber Zeit, mal wieder anständig zusammen zu
Bumsen. Sie antwortete ihm mitten in der Nacht geistesgegenwärtig:

„Ja, pass nur auf, dann bist Du plötzlich Vater und hast
es nicht einmal gemerkt. Ich warne Dich endgültig, zum
allerletzten Mal."

KOLO

*I*m Sommer musste sie wieder nach Jugoslawien zum Segeln, ohne Diethelm genauer zu unterrichten, daß auch Mauro da sein würde. Sie wollte offiziell einfach nur ein wenig segeln und das dalmatinische Revier kennen lernen. Am Flughafen von Dubrovnik sah sie gleich, daß Mauro mit der Reiseleiterin, die sie abholte, etwas hatte und so war es. Die war eine der Angestellten vom Horten-Reisebüro und hatte auch glatt noch die Unverschämtheit, in Mauros A-Schein-Kurs zu sein. Audrey war enttäuscht. Eine dämliche unscheinbare Blonde, kein bisschen chic und mit der hatte Mauro wahrscheinlich schon den ganzen Sommer herumgemacht. Dafür waren die anderen alle überaus nett und in der nächsten Woche kam noch eine private Kandidatin zu Mauro, hieß Cécile und ließ sich sehr gern darüber aus, was Mauro mochte.

„Er trinkt an sich gern ein Glas Wein mit den Leuten..." erläuterte sie, als jemand sagte, er würde sich abends weniger sehen lassen. Leck mich doch am Arsch und steck Dir Deinen Mauro sonst wo hin, dachte Audrey. Er ist in dieser Saison mit der Reiseleiterin vorübergehend verbandelt, siehst Du das denn nicht? Sie fand diese Cécile doof.

Die Ferien waren einsam, Mauro half ihr zwar mit seinem Assistenten Peter, ihre Koffer in ein Privatquartier zu bringen, wo sie allein eigentlich sehr gut wohnte, verabredete sich jedoch überhaupt nicht mit ihr. Sie ging allein nach Dubrovnik, allein ins Konzert und musste dort nolens volens einmal übernachten, als sie den letzten Bus verpasste. Eine Riesen-Verschwendung und sie nur mit einer Strohtasche als Gepäck im schönsten Hotel von Dubrovnik. Es interessierte Mauro auch nicht im geringsten, daß sie jetzt sogar bis in die Bucht von Kotor fuhr und sich tapfer die Gegend ansah, was er ihr in Griechenland so dringend geraten hatte.

Sie konnte ihm nichts von ihrer schönen Doktor-Arbeit erklären, nicht dafür danken, daß er sie dazu bewogen hatte und verstand ihn einfach nicht.

Und am letzten Abend passierte das, was nicht kommen durfte. Sie schleppte ihren schönen neuen weinroten Leder-Koffer vor der Abreise allein in das Hotel, damit sie es nicht erst am nächsten Morgen früh machen musste und Mauro mit der Reiseleiterin begegneten ihr Hand-in-Hand. In der Dunkelheit lief sie direkt in sie hinein und wichen einander stumm aus. Wo sie gerade noch ihr schönes neues türkisfarbenes Twin-Set zur hellen Hose trug und so stolz auf sich war.

Es war das schmerzliche Ende ihrer so reizvollen, aufregenden Beziehung.

Später erzählte ein Münchner Segler ihr, er war bei Mauro auf Mallorca und hatte ihm von ihr erzählt.

„Die Audrey aus der Sprachenschule?" hatte er brav gefragt. Er sei abends nie zu sehen gewesen und Audrey erklärte: er wird `ne Frau gehabt haben.

Sie fuhr nicht wieder nach Gstaadt und nicht wieder nach Mallorca, sondern wurde sehr erfolgreich in ihrem Traum-job. Das Allerpositivste an dieser tollen Bekanntschaft mit Mauro, der sie in seinen Briefen und Karten immer sehr bestärkt hatte, war natürlich, sie zu ermutigen, Archäologin zu werden und damit genau wie er einen guten Job in der frischen Luft zu machen.

Ihre schöne Doktor-Arbeit über Sport-Darstellungen in der griechische Vasen-Malerei kam gut voran, sie ging öfter nach Neapel ins Nazional-Museum, besuchte de Vicariis in Rom, übernachtete bei Maria Grazia und blieb gern bei Diethelm und seinen Freunden, die jetzt alle Väter geworden waren.

Sie akzeptierte Diethelms Persönlichkeit, die ihr im Grunde immer angenehm gewesen war auch mit dem, was ihr an ihm gelegentlich zuwider war.

Sie wollte in der deutschen Archäologie mitarbeiten, Mutter von Diethelms Kindern werden und nur eins vermeiden: eine dieser Mütter zu sein, die in einer Schwangerschaft die einzig nennenswerte Produktion ihres Lebens sehen, darin aufgingen wie ein Dampfkloß in Soße und ihr manchmal erschienen wie Frauen, die sich als die einzige Mutter, die die Welt je gesehen hatte, benahmen. Wo man jeder Frau auf der Welt eine Mutterschaft theoretisch und praktisch doch durchaus zutrauen durfte. Ob das Kind dann richtig lesen und schreiben lernte und damit auch Rechnen, ob es sportlich oder eher musisch werden würde, interessierte Audrey weit mehr. Ob man es auch als Kleinkind zu Selbständigkeit und Eigenverantwortung erziehen und so behandeln konnte und seine eigene Kompetenz wahrnehmen, war ihr höchst wichtig.

Sie war eines schönen Tages im Herbst ziemlich sicher schwanger und hätte gar nicht so schnell zu ihrem Arzt gehen müssen. Mit der Mitteilung musste sie jetzt aber Diethelm heiraten, obwohl sie das nach der Affäre mit Mauro gar nicht mehr so unbedingt anstrebte. Das Kind würde ihren Namen tragen und sie selbst würde Diethelms Namen auch nicht annehmen, war ihre Vorstellung. Er war der Vater, der sich sicher mit dem Kleinen gern in seiner Freizeit befassen würde, ihm geduldig etwas beibringen würde, denn pädagogische Fähigkeiten hatte er als Seminar-Leiter seiner Firma ja immer gepflegt und fortentwickelt.

Sie blieb bis zum krönenden Ende ihrer Doktor-Arbeit, die ihr bei Klamroth unglaublich Spaß machte, auch in der Sprachen-Schule und arbeitete automatisch hochkonzentriert während ihrer Schwangerschaft im Büro für die Schüler und das Lehr-Personal, trug feine, gerade geschnittene damenhafte Kleider ohne das Etikett Future Maman, weil sie sich nicht in dieser Ecke befinden wollte, daß jeder unbedingt darauf aufmerksam werden musste, daß sie als angehende Archäologin nun auch noch ein Kind auf die Welt kriegte. Sie hörte viel Musik in der Zeit, entspannte sich und Klamroth nahm in ihrem sechsten Schwangerschafts-Monat ihre Doktor-Arbeit entgegen. Die Gutachten wurden zügig erteilt und jetzt kamen noch mündliche Prüfungen in den Nebenfächern. Diese Kleinigkeit würde sie dann ja wohl auch noch schaffen.

Ihre Arbeit wurde mit einer Drei benotet und sie wusste, es wäre dem sportlichen Diethelm nicht gut genug. Also mussten die Noten des Mündlichen gewaltig besser werden. Sie lernte gern, war sehr, sehr konzentriert und lenkte sich im Mutterschutz mit Einkäufen für das Kind ein wenig ab. Es würde ein Mädchen und der Name war ihr noch nicht ganz klar. Sie schwankte zwischen Chiara, Fiona und Gloria. Insgeheim hoffte Diethelm sehr darauf, seinen schönen Nachnamen Schumann auf sie und das Mädchen zu übertragen. Audrey war jedoch noch längst nicht schlüssig.

Seit einigen Wochen waren sie gesetzlich und standesamtlich verheiratet. Das Töchterchen hatte in jedem Fall seinen guten Vater.

Diethelm wollte nach einem Haus suchen und fand schließlich eins, das sich auch Audrey gern einmal ansah und es gefiel ihr mit seinem Garten besonders gut.

Und Audreys Ehrgeiz war, als Frau Doktor Stevenson und in Gottes Namen auch noch Schumann ihr Kind in Ruhe zu bekommen und bemühte sich, vier Wochen vor dem errechneten Geburtstermin ihre Nebenfächer abzuschließen. Einer der Professoren arbeitete gerade für ein Jahr in Rom und sie musste jemand anderen suchen. Die Herren und Damen waren sehr gern behilflich, ließen sich von ihrer Mutterschaft sehr anrühren und halfen bei einem passenden Termin natürlich gern mit. Konnte sie aber drei Wochen vor der Geburt noch eine Uni-Prüfung bestehen? Scheiße, nee, da hatte sie sich jetzt aber wirklich viel vorgenommen. Sie wollte es und ging gut gelaunt morgens in die vorletzte

Nebenfach-Prüfung. Frau Gräbler und Herr Professor Brandmaier warteten und boten ihr ein bequemes Sofa an. Die Gespräche über attische-schwarzfigurige Keramik begannen und Audrey merkte, wie sich ihr Rücken verzog. Sie antwortete mit ihren Kenntnissen zur unteritalischen Keramik im Vergleich zur etruskischen Variante, zum Schwarzfirnis und dann wusste sie, es ging jetzt nicht mehr. Frau Gräbler griff zum Telefon. Audrey war einverstanden, daß ein Krankenwagen kommen sollte. Die Prüfung war fast herum. Sie wollte gern noch ihre Kenntnis der Westabhang-Keramik anbringen, als die Dozenten lieber abwinkten und angesichts ihrer Krämpfe und Krümmung eine Zwei bis Drei notierten, bevor Audrey in den Krankenwagen stieg. Sie rief ihre Mutter und Diethelm aus dem Auto an und ließ sich vorsichtshalber Sachen mitbringen. Nach zwei Tagen kam ein kleines Mädchen, Chiara zur Welt. Diethelm wollte gern eine Charlotte Schumann-Stevenson sehen und Audrey lieber eine Chiara Stevenson. Also einigte man sich auf Chiara-Charlotte Schumann-Stevenson, eigentlich ein Unding von Nachname. Aber darauf wollte Audrey jetzt nicht unbedingt herumreiten. Ihr Vorbild war ihre alte Klassen-Kameradin Heidrun, die auf jedem Klassen-Treffen unausgesprochen darauf aufmerksam machte, bei inzwischen drei Kindern nicht einmal mit ihrem Partner verheiratet zu sein.

Für Audrey war nur wichtig, als Doktor Audrey Stevenson Chiaras Mutter zu sein. Dazu musste sie Diethelm überzeugen, ihre Formalitäten an der Universität und auf den Ämtern zu erledigen.

Die Kleine war recht hübsch. Manchmal schrie sie, wenn Audrey lernen musste. Eine einzige Zusatzprüfung fehlte ihr noch und der Termin stand für vier Wochen später fest. Audrey wollte eigentlich, daß Chiara erst mit dieser bestandenen Doktor-Prüfung ihrer Mutter eine Geburts-Urkunde bekam.Also musste Diethelm auf den Ämtern fragen, wie lange Zeit war, um eine Geburt anzumelden. Sie einigten sich darauf, zunächst Audrey ohne Doktor-Titel hineinzuschreiben und es später zu ändern. Audrey war zufrieden.

Gern kümmerte sie sich in der Nacht um die Kleine, wenn Diethelm schlief. Das Kind war leicht zu beruhigen, stand genau neben ihrem Bett und sie konnte sie gut sehen. Bei Tage lernte sie ein wenig mit ihren Büchern, hörte Musik und die Kleine war nicht unruhig.

Audrey wurde promoviert und es wurde zusammen mit Chiaras Taufe und als verspätete Hochzeitsfeier im Londoner Hof festlich begangen.

Ein zweites Kind kam zügig. Sohn Christoph war ein sehr hübscher Junge, hatte die feinen, regelmäßigen Züge seines Vater, obwohl er als Kleinkind zuerst sehr dunkle Haare hatte, die später genau wie bei seinem Vater hell wurden.

Als drittes Kind kam wieder ein Junge, Claudius und als Viertes ein kleines Mädchen namens Gloria. Audrey arbeitete viel und nahm trotz oder wegen dieser Kinder und all der unaufhaltsamen Bewegung nicht zu.

Diethelm war sehr um alle bemüht, machte weiter unablässig Dienstreisen in alle Welt und wenn er zurück war, kümmerte er sich umso lieber um die Interessen der Kinder, förderte ihre Spiele und sprach immer gut mit ihnen. Audrey bemühte sich um ihren Gesprächs-Stil und ihre Manieren, erzog sie zu höflichen Kindern mit viel Temperament und Musikalität. Auf den Tennisplatz nahm Diethelm sie gelegentlich mit und mit sieben Jahren bekam Chiara einen ersten Tennis-Schläger. Es machte ihr weniger Freude als ein wenig später den Jungen Christoph und Claudius. Chiara interessierte sich für andere Dinge, half ihren Geschwistern, beteiligte sich bei allem gern und war ein sehr hübsches dunkelhaariges Mädchen. Die kleine Gloria war mittelblond und blieb ihrer Mutter am ähnlichsten.

CHALAPOSERVIKO

Regelmäßig ging Audrey auf Grabungen mit und interessierte sich wie eh und je besonders für griechische Felder. Nach einigen Abstechern in Lateinamerika und Asien blieb sie immer ihrer alten Liebe, der griechischen Antike treu und grub auf dem Kerameikos-Friedhof mit Professor Brandmaier. Er hatte schon vor Audreys aktiver Berufstätigkeit hier sehr unerwartet eine vollständig erhaltene Statue gefunden, die als archäologische Sensation galt. Audrey dachte sich, daß da noch mehr zu holen wäre und machte sich weiterhin stark für ihren angestammten griechischen Grabungs-Raum.

ZEYBEK

*D*as alte Aphrodisias in Karien war inzwischen zu einer großen Grabungs-Anlage gewachsen.

Dafür begann Audrey Türkisch zu lernen. Das Abenteuer dieser alten Stadt war es ihr wert. Türkische und amerikanische Kollegen hatten hier mit Grabungen begonnen und wollten die Arbeit gern im Land belassen. Mit Hilfe einer Stiftung schaffte es Professor Klamroth jedoch, Grabungsgenehmigungen zu erkaufen. Er war als Präsident der deutschen Archäologen mit ihrer Tradition erfolgreich, eine Kampagne hier zu leiten, die vorher allein in türkischer Hand gehalten wurde. Die Stiftung Klamroth förderte ausschließlich Arbeiten an der alten Bildhauerschule der karischen Stadt und Audrey erschien es die schönste Aufgabe, möglichst alle Statuen vollständig zu heben.

Proportional zu ihren Türkisch-Kenntnissen wuchsen auch ihre Funde. Sie förderte als Grabungsleiterin im Auftrag der Klamroth-Stiftung an die hundert Statuen zutage, deren jede ein Archäologen-Herz sehr viel höher schlagen ließ.

Einmal flog sie kurz aus der Türkei zurück, als es der kleinen Gloria in München mit einer Lungen-Entzündung sehr schlecht ging. Das Kind hatte zu lange im Garten auf dem Rasen gelegen und war mit hohem Fieber in die Münchner Kinder-Klinik gekommen. Audrey war sehr besorgt und übergab die Grabungs-Aufsicht an einen Assistenten. Die Kleine schaffte es und in den nächsten Monaten arbeitete Audrey in Deutschland ihre Forschungsergebnisse auf. Ihre Statuen neben dem Hadrianstempel liebte sie fast genauso wie ihre Familie und katalogisierte und digitalisierte mit ihrem Münchner Kollegen Ruckenbrodt alle Funde. Die Zusammenarbeit mit den Türken und Amerikanern funktionierte so lebhaft, daß alle sich gern in München oder gleichzeitig in der Türkei gern um die Kinder kümmerten, auf die Diethelm und ihre Eltern auch große Betreuungs-Ansprüche erhoben. Immer waren einige Erwachsene im Haus um sie und nie gingen sie allein weit über Münchner Straßen. Audrey konnte sich darauf verlassen. Ihr Haus war ausgesprochen kindersicher und sie fragte sich, wie man in der Antike wirklich mit Kindern und ihren Krankheiten umgegangen war. Die Lungenentzündung der kleinen Gloria war sehr gefährlich, aber die Mediziner wunderbar. Sie sprachen alle Maßnahmen von der ersten Minute im Krankenhaus am Telefon mit Audrey und einer Telefon-Schaltung zu Diethelm ab. Auch er kam sofort nach Haus, als das Kind hohes Fieber hatte und der Hausarzt nicht mehr weiter therapierte.

Audrey begann, sich für antike Kinder-Medizin zu interessieren und plante Forschungen zu diesem Thema.

Klamroth kümmerte sich in Deutschland um Fördergelder und um die rechtliche Seite. Selbstverständlich blieben ihre Statuen im Lande und Audrey oblag zusammen mit Klamroth die praktische Arbeit, die seit eh und je von tüchtigen deutschen Vorgängern in dieser Gegend der Welt engagiert vorangetrieben worden war.

Nationale Rivalitäten waren kleiner geworden und Audrey arbeitete vorzüglich mit türkischen, amerikanischen und deutschen Mitarbeiter-Teams zusammen. Brandmaier auf seinem Kerameikos war neidlos und betätigte sich in der Türkei nicht, obwohl Audrey gern zur Abwechslung auch mit ihm zusammengearbeitet hätte.

Diese Stadt war ein türkisches Projekt und mit ihrer Unterstützung gelang die vollständige Präsentation der Bildhauer-Schule und ihrer Werke am Original-Schauplatz.

In München kümmerten sich die Au-pairs, junge Männer und Mädchen weiter um die Kinder, wenn sie in der Türkei war. Audrey nahm sie für ihr Leben gern auch einmal in den Schulferien mit auf Grabung. Das taten sie gern und sprachen hier ein kleines bisschen Türkisch mit einheimischen Kindern. Ihre Mutter führte ihr Haus, wenn sie auf Grabung war, für einige Wochen und das klappte in München zusammen mit den Au-pairs gut. Audreys amerikanischer Stil aus dem Jahr in New York gewöhnte die vier Kinder sofort problemlos an Baby-Sitter und Haushalts-Hilfen. Es brachte eine schöne Abwechslung ins Haus. Am liebsten waren die Kinder in der Türkei, in türkischen Kinder-Gruppen und hatten auch in München viele türkische Freundschaften in ihren Gärten und Schulen. Die täglichen Beschaffungen erledigten die Bringdienste und Audrey wusste jetzt kaum noch, was ihr lieber war, ihre Kinder oder ihre Statuen, Diethelm oder ihre Grabung, ihre eigenen Pflanzen und Tiere im Münchner Haus oder die Pappeln in Aphrodisias auf dem Grabungs-Feld, ihre internationalen Haushalts-Helfer oder die türkischen Vertreter der Monumenten-Pflege-Organisationen. Sie liebte Klamroth und Brandmaier, den Kerameikos und Aphrodisias, wo immer wieder etwas Bedeutendes gehoben wurde und die Münchner Archäologen sehr stolz sein konnten.

Audrey war eine sehr gute Mutter, nahm ihre Kinder ernst, aber nicht zu sehr und dachte immer an Maurizio, dem sie ihre neue Karriere verdankte.

Sie sah ihn viele Jahre nicht, wusste, daß sie ihm ihre Archäologen-Karriere verdankte und genauso, daß sie ihm nicht vorhalten konnte, sie zu vernachlässigen. Der Bruch war wohl in der Kneipe von Soller unbewusst und unabsichtlich passiert, als er sie einladen und sie ihn nicht annehmen konnte. Es war einfach blöd gewesen.

Er verfolgte ihren Berufs-Weg von Gstaadt und seiner sommerlichen Segellehrer-Tätigkeit aus in Zeitungen und im Fernsehen und konnte sich denken, Motor einer erfolgreichen Archäologinnen-Karriere gewesen zu sein.

In den alten Segler-Kreisen sprach Walter von Mauros Frau als einer sehr, sehr sportlichen Erscheinung, die mit olivfarbener Haut schon sehr gealtert aussähe und dabei über die Maßen sportlich wäre. Audrey schauderte es leicht. Wie konnte man nur.

Und Walter erzählte gemütlich weiter, daß Mauros Einfluss in der segelnden Damenwelt so weit reichte, daß unter denen, die ihm nachreisten, viele Adelsdamen, Fürstinnen und Prinzessinnen waren. Audrey riss amüsiert die Augen auf und reimte sich psychologisch flugs zusammen: er hatte keine leibliche Mutter und war sicher unter anderem unbewusst deswegen allen weiblichen Wesen, besonders feinen Damen, so zugetan, daß er für sie alle, einschließlich ihrer eigenen Person, immer eine Reise wert war.

Ihre Beteiligung an der Sprachen-Schule verwandelte sie in Vollbesitz, als die früheren Eigentümer nicht mehr in München blieben und sich nach Skandinavien absetzten. Jetzt arbeitete ihre Sekretärin und Studien-Freundin Inge als ihre Geschäfts-Führerin und es lief recht gut. Audrey hatte wirklich viel erreicht, einen lieben Kerl, der Diethelm nun einmal war, obwohl er ihr die Bildhauer-Schule anfänglich sehr neidete. Sie hatte in ihm einen idealen Vater, der sich sehr gut um ihr kleines Quartett kümmerte. Und sie hatte gute Betreuer, wenn sie in der Türkei war oder in München die Masern grassierten.

Und sie ging für ihr Leben gern mit Susanne Kuckuck einkaufen. Kleider, Schuhe, Kosmetik und Dekorationen für das schöne Haus in Gräfelfing, Pflanzen für den Garten und für ihre Eltern. Dann sprachen sie im Restaurant über ihren Ärger und die mangelnde Pünktlichkeit von Susannes sizilianischem Lebenspartner Biagio. Audrey amüsierte sich königlich, wenn sie mit Susanne nur telefonierte und sie anfing, ihre sizilianischen Freunde zu beschreiben. Dann entspannte sie sich total.

Diethelm hing an seinen Freunden, an Rodrigo mit der Hammer-Theorie, der in München der gemütlichste Wein-Trinker nach einem Tennis-Match war und blieb. Didier hatte sich von Denise getrennt, kümmerte sich aber um ihre zwei gemeinsamen Kinder und lebte jetzt mit einer jungen Fernseh-Moderatorin und einem kleinen Kind am Schliersee. Gelegentlich nahm Diethelm Audrey und die Kinder mit zu ihnen. Sie fuhren Boot und wanderten um den kleinen See herum. Diese Ausflüge liebte Audrey, die sich sonst sehr gern in der Türkei bei ihren Ausgrabungen entspannte.

Die Inschriften aus Aphrodisias wurden in Datenbanken gesammelt und sie war Koordinatorin der Arbeit. Klamroth schlug ihr das Projekt als Professoren-Arbeit vor. Audrey wollte zunächst nicht, ließ sich nach längerem Zureden von Chiara und Diethelm jedoch überreden, alle Erkenntnisse der spätrömischen Stadt in einer großen Sammlung zusammenzufassen.

Und natürlich brachte es ihr einen Forschungspreis der deutschen Forschungsgemeinschaft mit einer saftigen Geldsumme ein, die sie dem Archäologen-Verband für weitere Arbeiten stiftete. Fünf neue Mitarbeiter konnten jetzt ihr Grabungs-Team in der Türkei verstärken und es half bei der Aufarbeitung und schriftlichen Fixierung sehr. Der Preis verstärkte ihre Grabung in der Position, die die deutsche Archäologie international immer hatte.

Und schon liebäugelte Audrey jetzt jedoch wieder mehr mit der Unterwasser-Archäologie, seit sie nun einige Jahre lang in Aphrodisias tätig war und sah sich Projekte der Kollegen an, die unter Wasser arbeiteten.

Da erforschten Teams Projekte in Epirus, das sie gut kannte und in Akarnanien. Es interessierte sie.

Und sollte sie nicht auch langsam wieder zu ihrer frühen Liebe, dem Segeln zurückkommen und sich damit für Unterwasser-Archäologie stark machen? Dafür musste sie Tauchen lernen.

Ihren Kindern ging es gut, Chiara spielte sehr schön Violine und Christoph Oboe. Mit ihr zusammen auf dem Klavier waren sie ein schönes Trio, um Lieder zu spielen. Es

machte ihnen Spaß und auch sie wollte sich gern einer ganz
neuen Wassersport-Art zuwenden.

SARDINIEN

*A*uf dem Karibik-Törn mit Burgunde hatte ihr Schnorcheln sehr gefallen und die Erinnerung hatte ihr bis jetzt all die Jahre lang ausgereicht. Allein die Welt der Fische, die ein Schnorchler sah, war schon von so überwältigender Schönheit, daß sie bis dahin nicht das Gefühl hatte, weiter in die Tiefe gehen zu müssen. Aber wenn sie verborgene Schätze des Meeresbodens heben wollte, die sich seit Tausenden langer Jahre dort unten befanden, musste sie sich wohl dahinbemühen. Also meldete sie sich für Sardinien und ein Projekt zur Hebung von Transportamphoren an.

Ein Tauchkurs von acht Tagen fand für einige Touristen, Sportler und sie allein als Archäologin statt. Sie hatte Angst.

Nur sehr langsam ging sie in die Tiefe. Es war genau wie bei den ersten Motorrad-Fahrten auf griechischen Inseln, wo sie immer als Langsamste das Tempo der Segelcrew bestimmt hatte und ein Freund ihr beruhigend zu verstehen gegeben hatte: „ein wenig schneller kannst Du aber ruhig machen."

Sie bekam ein schweres Tauchtrauma und flog nach einigen Tagen der Bettruhe vorzeitig wieder nach München zurück.

KLAPPTANZ

*U*nd sie musste überlegen, ob sie Diethelm nun doch noch verlassen müsste. Christoph sagte ihr, da würde immer eine Heidi aus Augsburg anrufen, seine frühere Freundin, wegen der Audrey schon als Zwanzigjährige heiße Tränen des Liebeskummers vergossen hatte. Jetzt würde sie sich jedoch besser nicht mehr darüber aufregen und Ärger blockierte sie nur. Sie hatte sich abgewöhnt, enttäuscht zu sein. Dann sollte er doch in Gottes Namen zu der gehen, wenn er mit ihr zu einsam geworden war oder sie ihn vernachlässigt hatte, wenn sie auf Grabung war. Bitte, dann geh doch, fetzte sie ihm im Geiste trotzig hin.

Insgeheim hoffte sie natürlich inständig, er würde sich doch wieder ernsthaft um sie bemühen, ihre Anstrengungen respektieren und ihr Anerkennung geben.

Diese Heidi arbeitete als Sachbearbeiterin in einem Betrieb in Augsburg und war recht nett und durchschnittlich. Audrey war ihr einmal bei Rodrigo begegnet und hatte sich höflich mit ihr über Horoskope unterhalten.

Ihre Kinder hielten gut zu ihr. Diethelm war oft, wenn sie auf Grabung war, zu Heidi am Wochenende nach Augsburg gefahren, hatte den Kindern kurz etwas zu essen gemacht und sie dann ihren Freunden überlassen. Einmal war es für ihn ein wenig brenzlig geworden, als Christoph keinen Schlüssel hatte und Chiara bei Freunden war. Die zwei Kleinen waren bei den Großeltern und Christoph musste zu ihnen gehen. Da war es herausgekommen. Audrey reimte sich die Gründe schnell zusammen und musste für die Zukunft planen. Wofür brauchte sie Diethelm eigentlich? Gut, für den Sex. Ihre Kinder betreute sie mit den Haushaltshilfen, den Großeltern und dem Entgegenkommen ihrer Chefs sehr gut selbst. Wenn sie sie in den Ferien auf Grabung begleiteten, was auch die kleine Gloria schon zweimal getan hatte, lernten sie mehr für ihr Leben als in den schönsten Münchner Horten und Schulen, in die sie gern gingen und aktiv waren. Also, was trug Diethelm Positives für das Leben ihrer Kinder bei? Sie fragte sie:

„Oboist Christoph, Geigerin Chiara, angehende Pianistin Gloria und Cellist Claudius, sagt mir doch einmal, wenn Euer Papa jetzt manchmal in Augsburg ist, wie findet Ihr das?"

„Mama, für uns ist das nicht wichtig, wo er ist, wenn er woanders ist, sondern das, was er sagt, wenn er hier ist", äußerte Christoph energisch und die zwei Mädchen nickten.

„Aha, und warum ist es nicht so interessant, wenn er weg ist?"

Christoph zuckte die Achseln:

„Weiß ich nicht, was meint Ihr?"

Den Mädchen war das Gespräch peinlich und Audrey wollte es nicht länger fortsetzen. Der Au-pair-Helfer Jack brachte Essen und Claudius hatte gerade ein schönes, erstes Musical für seine Schule geschrieben. Er erzählte begeistert von den Proben und wie viel Spaß es ihm und seinen Freunden machte.

Mit den Mädchen wollte Audrey jetzt Kleider kaufen gehen. Sie waren gerade recht chic ausgehfertig im Gehen, als Diethelm freundlichst lächelnd vermutlich aus Augsburg zurückkam. Audrey lächelte, küsste ihn flüchtig freundlich auf den Mund und winkte ihm dann fröhlich zu:

„Wir machen uns besonders schön für Euch und wenn wir zurück sind, werdet Ihr uns nicht wiedererkennen."

In der Stadt gab es auf der Sendlinger Straße die schönsten Hosenanzüge aus weißem Chiffon mit rosa aufgehauchten großen Blüten drauf. Audrey fand für die kleine Gloria ein hübsches hellblaues Kleid und sie suchten weiße Schuhe dazu aus, als Professor Klamroth über die Straße in den Augustiner ging. Audrey machte mit den Mädchen einen Abstecher und fragten, ob sie sich zu ihm setzen wollten. Natürlich freute der nette Klamroth sich, seine Kollegin mit ihren Töchtern als Gesellschaft zu haben. Er hatte eine nette Frau, aber die Gespräche mit Audrey hatten ihn immer besonders angeregt. Sie räsonierte, um sich abzulenken, gerade bei einem Gespritzten:

„Herr Klamroth, wissen Sie eigentlich noch, wie es war, als in der alten Bundesrepublik immer von Arbeits- p l ä t z e n , Arbeitg e b e r n - und -n e h m e r n und am aller- schönsten von Arbeitss u c h e gesprochen wurde?"

„Ja, ja," lachte er, da wurde viel über Wortkombinatio- nen mit Arbeit gesprochen, bevor die Leute Zielwasser tranken und wirklich ans Werk gingen und dazu kamen, das zu tun, was sie eigentlich in ihrer tiefsten Seele machen wollten."

Die Mädchen staunten:

„Ja, da haben die also von Arbeitsplatz gesprochen und es war vielleicht ein Stuhl oder ein Sessel oder ein Hocker und dann saßen die drauf und überlegten, was Arbeit ist?"

„Genau Chiara, die Leute wussten einfach nicht richtig, wie sie etwas anfangen sollten und mussten zuerst immer jemand fragen, was der darüber dachte, dieses und jenes zu tun."

Gloria lachte am lautesten und Audrey war es ein wenig unangenehm im Lokal, daß die Kleine mit ihren drei Jahren sich so verständig amüsierte. Klamroth unterstütze aber gern das Kind und lachte mit, daß sich der Tisch bog.

„Ja, ja, Papa hat uns darüber erzählt und sprach immer von Apparatschiks, die vor Maschinen standen und Knöpfe auslösen sollten, wenn es soweit war. Es musste immer zu einer bestimmten Uhrzeit sein und nie nach Drei Uhr nachmittags. Viele Millionen Menschen konnten das nicht mit ansehen und blieben zuhause. Das bezahlte der Staat immer solange, bis ihnen eingefallen war, was sie wirklich am besten machen konnten. Und da begann man mit der schönen Auto- und Literatur-Produktion in Deutschland.

Auch unser Bruder Claudius wurde auf der Schule gleich Musik-Produzent. Er macht zur Zeit ein Musical, Herr Klamroth, wenn Sie Lust haben, können Sie es sich einmal ansehen, wenn es aufgeführt wird."

„Vielen Dank, Chiara, ich sehe das natürlich gern einmal an und, Audrey, es wäre doch schön, die Freunde von Claudius einmal mit nach Aphrodisias zu nehmen und sie dort in den Theatern ihr Stück aufführen zu lassen."

Audrey nickte dankbar und verabschiedete sich beizeiten. Sie wollte für Chiara noch etwas Schönes zum Anziehen finden und dann zuhause sehen, was die Herren Diethelm und Christoph gemacht hatten.

„Herr Klamroth, haben Sie Lust, bei uns zu Abend zu essen? Wir könnten unser Gespräch doch fortsetzen."

„Ja, sehr gern, Frau Schumann, ich komme mit Patricia. Bis dahin."

Gelöst kamen Audrey und Chiara in neuen weißen Anzügen, die eine mit schwarzem Body und Gloria in Hellblau zuhause an. Diethelm und Christoph hatten die Wohnung gestylt, daß es nur so eine Art hatte. Entweder aus schlechtem Gewissen oder aus einer Euphorie heraus hatten die zwei gekocht, legten Tanzmusik auf und die feinsten Sachen waren schlicht und sehr festlich auf dem Tisch. Ein langes besticktes Tuch war mit türkischem Meersand, Muscheln und mindestens zwanzig byzantinischen Kerzenleuchtern geschmückt. Frische weiße Rosen mit Gardenien und allen weißen Blüten des Gartens waren auf dem Tisch. Auf dem Flügel stand ein dicker herrlich bunter Naturstrauß zwischen vergrößerten Urlaubsbildern von der letzten Grabung, als Diethelm Audrey und die Kinder aus der Türkei abgeholt hatte. In allen Zimmern des Hauses war aufgeräumt, Staub gewischt und überall standen die herrlichsten Sträuße wie aus Blumenläden aus dem eigenen Garten.

„Ja, ich hatte doch gerade Geburtstag und Gloria erst im September. Diethelm, kann mir jemand sagen, was Schönes gefeiert wird?

„Na, ja, Christoph und ich wollten die chicen Damen aus den feinsten Münchner Boutiquen einmal dementsprechend würdig begrüßen."

„Ergebensten Dank, mein Teuerster. Es ist Euch wirklich himmlisch gelungen, nichts ist schöner in einem Zimmer als frische üppige Blumen aus dem eigenen Garten. Ich habe übrigens Klamroth getroffen und ihn zum Essen eingeladen."

Sofort wurden zwei Gedecke zusätzlich gebracht.

„Was möchten die Damen bitte zum Aperitif?" Christoph war besser als der langgedienteste Kellner des Londoner Hofs. Gloria nahm Grapefruit-Cocktail, Chiara ein Milchshake und Audrey ein wenig Champagner mit Diethelm.

„ Claudius, mein wunderbarer Komponist und Sohn, was dürfen wir Dir zur Feier Deines neuen Musicals denn jetzt zu trinken bringen. Auch das muss ja ganz besonders gefeiert werden."

Trotz seiner Sorgen wegen der Fertigstellung seines neuen Musicals ließ er sich gemütlich bei den Damen nieder und stieß mit ihnen an.

„Wünsche Dir aber wirklich viel Chuzpe für Dein Musical und besonders die Finalszene, Claudius."

„Ja, danke, Mama und ich sehe wirklich noch eine Tanzszene für Gloria vor."

„Ach, das ist aber wirklich toll nett von Dir, was soll sie denn tanzen? Etwas Europäisches?"

„Na ja, wenn Du Bauchtanz als europäisch bezeichnest."

„Ja, seitdem die Türkei in der EG ist, natürlich, haben wir eben auch Bauchtanz der Muslime bei uns in Mittel- oder Westeuropa."

„Mama, ich brauche sofort ein neues Bauchtanz-Kostüm."

„Ja, natürlich, mein Mädchen, welche Farbe möchtest Du denn am liebsten?"

„Vielleicht Grün."

„Mit Silber oder mit Gold?"

„Mama, wenn Du mich so fragst: mit beidem, ich möchte das probieren, was sie haben und wie es mir steht."

„Ja, Gloria, wir gehen sofort los und probieren Bauchtanz-Kostüme für Dich. Ich freue mich."

Diethelm stand mit seinem Champagner-Glas da und lachte sich im Stillen eins über die Vorstellung der kleinen Gloria als Bauchtänzerin.

„Lach nicht, Diethelm, sie wird es hinreißend tanzen, ich weiß das."

„Natürlich, ich lache das Kind nicht aus sondern freue mich für sie."

Klamroths kamen mit ein paar Flaschen türkischen Weins und zu essen gab es Gemüse und Lamm-Koteletts, Minz-Sauce und einige Varianten von Ziegen-Käse mit Papaya, was Audrey besonders gern aß. Die Kinder aßen genüsslich mit den Erwachsenen.

„Mama, kannst Du nicht Bauchtanzen?"

„Nein, mein Kind, ich kann Griechisch tanzen aber Bauchtanz nicht. Wir sollten es vielleicht zusammen lernen, Gloria. Machst Du auch mit Chiara? Frau Klamroth, wie ist es mit Ihnen?"

„Ja, Frau Schumann-Stevenson, es wäre schon etwas Genaues und allein diese Kostüme sind doch traumhaft."

„Gehen Sie doch mit, wir kaufen uns gleich morgen welche in einem Bazar in der Landwehrstraße."

„Tanzen Sie eigentlich gern, Herr Klamroth, Frau Klamroth? Wie ist es mit Ihrer Tanzfreude?"

„Oh, sehr gern, aber zu wenig, das machen wir nicht oft."

Audrey legte türkische Tanz-Musik auf und fing mit der kleinen Gloria an zu tanzen. Die Kleine machte ihre Bewegungen nach und die Leute amüsierten sich. Audrey fragte sich indessen nur, was Diethelm mit dieser alten Freundin erlebte. Was brachte sie ihm? Sie würde ihn bei Gelegenheit fragen und tanzte weiter. Sie ging in die Knie und beugte den Oberkörper nach hinten. Die Bewegungen der Hände gerieten ihr sicher ein wenig zu asiatisch, sie hatte es dort bei Tempel-Tänzerinnen gesehen und vermengte einfach ein wenig die Stilrichtungen. Diethelm schmunzelte.

„Es kommt mir eher vor wie balinesische Tempeltänzerinnen."

„Früher haben wir mehr getanzt," erinnerte sich Frau Klamroth.

„Ja, eigenartig, dabei war die Tanzfreude der Deutschen im Vergleich zu Spaniern und Griechen lange nicht so ausgeprägt. Während unserer Glanzzeiten, als viele noch beim Staat arbeiteten und um Drei der Griffel fiel, wenn die Leute sich überarbeitet hatten. Da wurde lange nicht so sehr viel geschwoft wie heute."

„Ja, ja", setzte Audrey fort, „das war damals, als die Leute ihre Bildschirme schonten und nicht ihre Augen. Wie blind diese erste Technik-Gläubigkeit bei den alten Computern die Menschen machte. Ich könnte mich totlachen."

Diethelm schaute stumm und vorwurfsvoll. Sie wusste, er war immer sehr einfühlsam als ihr Scheich und Liebhaber gewesen. Aber er war ein Mann und jetzt einiges älter geworden. Seine Einstellungen veränderten sich ein wenig in seinem Wesen. Sie merkte es an seinem Gesicht und würde sich darauf einstellen müssen.

„Die Menschen lebten doch sehr saturiert jeder möglichst gut für sich und es schrammte gerade soeben an der ganz harten Dekadenz entlang. Und wenn Kriegsgefahren nicht so diplomatisch gebannt worden wären, wäre in der gesamten Zivilisation noch viel mehr zu Bruch gegangen als in den alten dekadenten Entwicklungen."

„Was meinst Du denn jetzt, Audrey?" fragte Diethelm schmunzelnd. Wenn er den Väterlichen geben konnte und auf die kleine Audrey herablächeln konnte, war er der Größte. Dann war er wichtig und kurz vor der Gockelhaftigkeit, die sie ihm aber eigentlich nie recht anlasten konnte. Nein, ein wirklich selbstherrlicher Gockel war er nie gewesen, sondern wirklich gebildet, elegant und weltläufig trotz einiger Schwächen.

Nur, wie würde es jetzt mit ihnen weitergehen? Alles lag in ihr. Sie wusste, daß sie alles gestalten musste, wie sie es haben wollte und wünschte sich nur manchmal eine Abwechslung, hatte ihn dann genug gesehen und wollte nicht immer nur ihn, nicht immer im Haus und nicht im Auto und auch nicht im Bett.

„Ja", überlegte sie, „ich fand, die Leute waren sehr gut dabei, der Fortschritt schnell und groß, so daß viele nicht mehr darüber nachdachten, die eigentliche Steuerung ihres Lebens selbst in der Hand zu halten und nicht Computer und das Zubehör, all die technischen Finessen, die sie weit mehr Zeit und Geld kosteten, als es ihnen eigentlich zurückgab, zu hoch zu schätzen."

„Audrey ..., das sagst ausgerechnet Du, die Du so viel von neuen Musik-Programmen und den digitalen Vorzügen für Eure Bestimmungen profitiert hast!"

„Diethelm, ich sage nicht, daß die technologischen Entwicklungen nichts bedeutet oder gebracht hätten, sondern behaupte, die Menschen wurden gelebt, anstatt selbst ihr Leben zu steuern."

„Ein großes Wort, Dein Wort in Gottes Ohr", meinte er oft in einer lehrerhaften Art und Audrey hasste es ein wenig, wenn er das so sagte.

„Ihr Lehrling, Herr Schumann," sagte sie dann gern langgedehnt.

Klamroth bemerkte die Spannung und lenkte ein wenig ab:

„Ach, Frau Schumann, wie finden Sie eigentlich diesen Herrn Ruckenbrodt?" Er war ein guter Kollege, aber Audrey kannte ihn persönlich fast gar nicht.

„Ich kann´s Ihnen leider nicht genau sagen, Herr Klamroth, warum denn?"

Er schüttelte den Kopf, als sei es nicht wichtig und hatte nur aus der Konfliktsituation ihres Gesprächs herausführen wollen. Beizeiten verabschiedete er sich mit seiner Patricia.

Audrey ließ ihre Kinder und ihren Mann mit dem Abräumen allein und begleitete Klamroths ein Stück hinaus.

„Herr Klamroth, was ist denn mit diesem neuen Kollegen?"

„Frau Schumann, ich weiß es noch nicht richtig, er sagte nur, seine frühere Universität sei ein einziger Mobber-Haufen gewesen."

„Ja, sehen Sie", lachte Audrey hell auf, „ich sage es ja. Die Leute glaubten doch mehr an Computer als an Menschen und das kann und muss man ja auch irgendwo. Jedoch wurden alle Computer von Menschen erdacht, genau wie unsere Statuen und Funde aus der Antike. Ich erinnere mich sehr gut an die Anti-Mobbing-Programme damals in Deutschland. Zum Abschießen komisch. Wer da nicht selbst standhielt und drauf reinfiel, dem war Gute Nacht gesagt."

„Ja, es wurden sehr viel Energien in arrogante Herabsetzung investiert, solange, bis man sich selber superschlecht fühlte und im besten Fall wurde hinterher noch versucht, die gröbsten Fehler zu entschuldigen, anstatt vorher zu überlegen, welches Positive überhaupt in einer Sache und in einem netten Menschen lag."

„Ja, die Zeiten waren chancenreich, um es positiv auszudrücken, Herr Klamroth. Ich freue mich auf die Zusammenarbeit mit dem neuen Kollegen."

„Ja, wir sehen uns dann, kommen Sie gut ins Haus zurück."

Der neue Kollege Ruckenbrodt war einerseits ein sportlicher Typ in dunkelblauen, velourartigen Jeans, in denen er mit einem feinen Tweed-Jacket sehr schnell zwischen der Schelling-Straße und dem Geschwister-Scholl-Platz hin- und herlief. Er hatte kinnlange, blonde Haare, trug sie markant zurückgekämmt und sah wie viele Archäologen sehr klassisch und stilvoll aus. Diethelm wollte zum Abschluss des Abends die Gespräche fortsetzen, aber sie hatten schon öfter über alte Zeiten gesprochen und an einem Punkt, wo er ihr großartig eröffnete:

„Audrey, Du machst einen ganz entscheidenden großen Fehler," hatte sie die Wahl, sich diesen erklären zu lassen oder darauf zu verzichten. Sie wählte die letztere Möglichkeit und damit war er bei ihr aufgelaufen.

Sie wollte nach Sizilien auf eine Grabung und der neue Kollege Ruckenbrodt ging als Assistent mit. Audrey war sehr gespannt, mit Klamroth über ihn zu sprechen.

SALTARELLO

*A*udrey war Grabungsleiterin und flog mit Ruckenbrodt bis nach Catania. Ein Teil der Crew kam mit einem Van und Tauchausrüstungen nach Portorosa. Sie wohnten alle in einem Privat-Haus und richteten sich für zehn Tage in Ruhe ein. Audrey kochte am ersten Abend für ihre Mannschaft und sie besprachen bei einigem Rotwein, den Ruckenbrodt besorgt hatte, die Campagne und frühere sizilianische Erfahrungen. Insbesondere erinnerte Audrey sich an die boshaften Erzählungen von Susanne, die ihre sizilianische Verwandtschaft in München immer gern als: "diese ganze Blase" bezeichnete. Sie wusste ein wenig über die patriarchalische Gesellschaft und kannte einige italienische Bürgermeister von Gesprächen aus früheren Grabungen. Aber jetzt interessierte dieser Ruckenbrodt sich natürlich sehr für sie als seine Grabungsleiterin. Er hatte sicher eine sehr nette Frau und begabte zauberhafte Kinder in Deutschland. Sie merkte ihr eigenes Interesse an ihm noch nicht richtig, als er an diesem Terrassen-Abend immer von langen Museumsnächten in Deutschland sprach. Ach richtig, das waren diese besonderen kulturpolitischen Maßnahmen der früheren Bundesrepublik, Menschen in Kulturtempel zu ziehen, die von Sieben bis Drei arbeiteten und sich im Grunde sowieso nur sehr wenig für Museales interessierten. Audrey wollte eigentlich ein Gespräch über den Unsinn solcher Werbemaßnahmen führen, als Ruckenbrodt ihr Wein eingoss, ihren Arm mit ihrer Uhr nahm und darauf schaute, als ginge seine eigene nicht genau genug oder als sei sie stehen geblieben. Auch nur Werbemaßnahmen, dachte sie, war schon sehr schläfrig, hielt aber dennoch gern sein Interesse in Gang. Sie hielt ihm extra noch ein Feuerzeug über ihre Uhr, damit er besser sehen konnte. Er schien wirklich ein besonderes Verhältnis zur Zeit zu haben und das lag bei seinem Beruf nur zu sehr in der Natur der schönen Sache. Audrey wollte schlafen gehen und verabschiedete sich. Er machte große Augen.

Sie fuhr am nächsten Morgen bei gutem Wetter mit hinaus zur Vermessung und setzte sich später beim Markensetzen von der Truppe ab und ging zu einem Zeitungsinterview mit sizilianischen Journalisten. Der Nachmittag war ausgefüllt mit Interviews, bis die Truppe zeitig zurückkehrte und weitere Statements für die Zeitungen abgab.

Vorsicht, Audrey, Ruckenbrodt ist hundertprozentig bestens verheiratet, genau wie Du, und jetzt sucht er bei Dir mit einigen Erfolgsaussichten ein schönes Abenteuer. Wenn Du Dich darauf einlassen möchtest, machst Du es. Dein Mann hat sich gerade das Gleiche herausgenommen und Deine Kinder betrifft es sowieso nicht direkt. Nein, jetzt betrifft es sie nicht.

Aber wenn er Dir wirklich gefällt, was dann? Es wäre wahrscheinlich schön für sie und das allein war wichtig. Jetzt eben einmal nicht dieser Diethelm und ihre sämtlichen Kinder. Und auch nicht die dienstliche Nähe. Sie wollte den Mann erotisch sehen. Er provozierte sie geradezu und spielte auf ihre Naivität an, wenn er sie ständig etwas fragte, sie umtänzelte und irgendwo wie ein vereinsamter, junger Hund wirkte. Erst einmal müsste sie bei ihm in München anrufen und die Stimme der Ehefrau hören. Gesagt, getan. Es meldete sich eine sehr helle, klare Frauenstimme mit: „Ruckenbrodt" und Audrey sagte, sie hätte sich geirrt.

„Es macht nichts", antwortete die sehr sportlich und genauso hatte Audrey es sich gedacht. Es würde nichts wie Verwicklungen einbringen und sie rief lieber Susanne Kuckuck an, um sich beruhigen und orientieren zu lassen.

„Ja, wenn der Dich dauernd umschwärmt und Dich immer nach der Uhrzeit fragt..." sprach sie in ihrer intelligenten Einfühlsamkeit. „Einsame Männer sind wie junge Hunde..." meinte sie noch in ihrer intelligenten Einfühlsamkeit. Und :

„Du solltest Geduld haben... Audrey."

Ja, genau, das war doch wieder das Allerrichtigste. Nur nichts angehen, überlegen, ob oder ob nicht. Es sich entwickeln lassen, die schöne Grabung beenden und eine angenehme Phase erleben, in Italien sein und ihre Kinder topfit zu wissen.

Ein Nachmittag wurde sehr kompliziert. Der Anker der „Anemos", die die Crew an ihren Tauchplatz gebracht hatte, löste sich und hob Absperrgitter und Seile mit in die Höhe. Alle Markierungen unter Wasser lösten sich. Das Wetter wurde schlechter, so daß sie zwei Tage lang nicht arbeiten konnten. Dann machte man theoretische Arbeiten vorweg: Kartierung, Berichte verfassen, Karten nach Hause schreiben. Audrey brachte ihre Mannschaft mit besonders ausgiebigem Essen in der Aufregung des sizilianischen Sturms auf Ausgeglichenheit. Besonders aufgedreht war Alexander Ruckenbrodt. In der Phase, in der manch anderer missgelaunt war, entwickelte der seine beste Energie. Er blühte auf und entspannte sich zusehend. Seine Züge hellten sich auf, wenn er Audrey ansah. Und so wollte sie es belassen. Er war ein sehr jugendlich wirkender Kollege mit kräftiger Statur und lieben blauen Augen. Seine Hände waren fein und gleichzeitig so kräftig wie seine sicher ein Meter neunzig große Erscheinung es verlangten. Hilfreich und dezent war er und konnte gut kochen, sehr sicher Autofahren und er spielte auf Grabung abends gern Gitarre. Die holte er jetzt hervor und sang das alte: „Blowing in the wind" von Joan Baez.

Audrey amüsierte sich und fing ein Gespräch über diese Jahre an:

„Das war ja die Zeiten, als noch Seminare abgehalten wurden zum Thema: Frauen und Geld." Sie lachte:

„Ja, und danach wusste man dann, was ein Scheck ist und was man darauf schreibt."

Es amüsierte ihn auch jetzt ein wenig und die Kollegen lachten in sich hinein.

„Da wurde sowieso gewaltig herumgefetzt, viele investierten eine Menge Energie allein darein, anderes schlecht zu machen."

„Damit sind wir auch wir noch aufgewachsen", meinte die junge Kollegin aus Tübingen: „am Buch meines Kollegen stimmen allenfalls die Kommas", sagten die vor lauter Rivalität damals immer ganz stolz. „All diese Schwächen waren aber doch nur wegen der ganzen sogenannten Arbeitslosigkeit so stark ausgeprägt."

„Ja, da lag all das Geld der Nachkriegsgewinnler auf Schweizer Banken herum, bis die Erben es endlich mal für sich investieren konnten."

„Und auf einmal war es kurzfristig ein Unwort, eine Ich-AG, also selbstverantwortlich zu sein."

„Ja, ja, da wurde allerdings schnell im Theater in Zürich ein Stück geschrieben mit einer Szene, wo jemand zu einer Behörde geht, um seine Verantwortung dort abzugeben."

„Das war der alte Marthaler, ich habe es gesehen", meinte Frauke aus Tübingen.

„Da wurden Parolen ausgegeben, wie: keiner hat hier Geld und daher sind Millionen Menschen arbeitslos, wo sechzig Prozent vom Einkommen als Steuern für den Staat bezahlt wurden. Und das nannte sich dann arbeits-los. Bis es dann langsam arbeits-arm und schließlich wertschaffend wurde. Liebe Kollegen...."

Audrey gähnte.

„Es war jedem klar, daß Geld eigentlich genug zur Verfügung war und man schrammte knapp an der Katastrophe vorbei, bis die Frauen in die Ministerien kamen."

„Sonst wären wir heute auch alle schon Klone..."

Dann wollte Audrey aber langsam zu Bett gehen und Ruckenbrodt hatte noch das Bruch-Konzert in G-moll aufgelegt, das er auf einer Geige auswendig mitspielte. Sie riss ihre Augen auf. Er spielte wunderbar.

Bei ihrer sowieso sehr sinnlichen Tätigkeit fiel es ihr oft schwer, sich emotional zurückzuhalten, aber sie beherrschte sich. Sie wollte ihre Neigung nicht verhehlen, andererseits diese schöne Grabung und das Kollegenverhältnis nicht zu sehr belasten.

„Fantastisch", freute sie sich zwischen dem ersten und dem wunderbaren zweiten Satz. „Ich wusste gar nicht, daß Sie so herrlich spielen können."

Diethelm war in Musik nicht so gut und wunderte sich restlos, wenn Pianisten viele Verehrerinnen hatten. Er verstand es einfach nicht.

Ruckenbrodt setzte sich neben sie und erholte sich bei einem Schluck Wein von seinem Spiel.

„Herr Ruckenbrodt, Sie kommen in München mal zu uns und spielen spätestens zu Weihnachten oder gleich im Herbst, wenn wir zurück sind bei einem Nachbereitungsabend den zweiten Satz vom Bruch-Konzert." Er küsste sie. Sie waren allein. Der kräftige Sturm war beruhigt und herrliche Abendluft wehte in das Haus. Audrey genoss es, sie hatte wirklich nicht an so etwas gedacht, nicht an Diethelms Freundin und nicht an ihre lustigen Kinder und nicht einmal an ihre Amphoren. Sie dachte nicht an die Stiftung, die ihre Grabung bezahlte und nicht an die Museen, die sich für die Funde interessieren würden. Sie dachte jetzt nur an sich.

Und sie dachte an diesen blonden Kerl neben sich in seinen schönen hellen Hosen und dem blauen Hemd. Seinen Haarschnitt fand sie sehr künstlerisch und italienisch und wollte es ihm sagen, wenn der Kuss zu Ende war. Er war es einige Zeit lang nicht. Sie wusste nicht sehr viel über ihn, noch nicht lange war er in ihren Teams und sprach nie von seiner Familie, was natürlich nicht bedeutete, daß er keine hatte. Sie küsste ihn geduldig, holte einmal Luft und glaubte, daß es sicher schon zehn Minuten lang ging. In Wirklichkeit waren es nur drei Minuten gewesen und der Genuss wurde bei diesem ersten aufregenden Mal in ihrem Unterbewusstsein wesentlich länger. Schließlich wollte sie sich drehen, ihre Lage ein wenig ändern und er gab ihren Bewegungen nach und ließ sie frei. Sie hatte für diesen Abend ein schönes schwarzes Leinenkleid gewählt und sich extra ein wenig vorbereitet am Nachmittag, als es so stürmte. Es lohnte sich jetzt. Sie fühlte sich in Schwarz verführerischer als jede Marilyn Monroe in Weiß. Das Kleid hatte einen Badeanzugschnitt, den Ruckenbrodt jetzt erkundete. Er öffnete die Halsbänder und lächelte sie an, streifte ihre Sandaletten auf dem Sofa von ihren Füßen. Sie lächelte einen Moment lang strahlend zurück und legte sich zum Ausruhen ein wenig lang. Er nahm ihren Kopf in den Schoß und kraulte sie. Ihr tat es sehr gut, entspannt zu werden, alles aus dem Kopf entfliehen zu lassen und eine neue Liebe zu haben. Sie lächelte und das war jetzt ihre Sprache, ihr Ausdruck dessen, dass sie jetzt nichts mehr über Organisationsformen des Lebens und der Archäologie, nichts über Tauchen und Wracks, über Ladungen und Transporte, Datierungen und Ehemänner, Frauen, Kinder und Eifersucht, die Kollegen und ihre Diskretion besprechen wollte und das war eigentlich selten. Sie besprach sonst immer alles mit allen und wusste es dann sehr genau. Hier nun wusste sie sehr genau von nichts auch nur das Allergeringste und es war für sie außerordentlich neu und doch beruhigend zugleich. Früher hätte sie es noch als spannend bezeichnet, aber das war es nicht einmal. Eher entspannte sie sich. Mit diesem Violin-Konzert war sie wie in Abrahams Schoß und der neue Liebhaber hieß einfach Alexander und streichelte sie gerade zu noch größerer Beruhigung. Es tat ihr gut, wo sie alle einen vergleichsweise ruhigen Sturm-Tag hinter sich hatten. Und es war eine gute Idee von ihm, sie jetzt ohne viele Worte zu lieben. Ja, das würde sie mit ihm machen und nicht nur mit sich machen lassen, nein, gegenseitig sollte es jetzt sein und nichts schlechter. Damit wurde niemandem ein Unrecht oder eine

Vernachlässigung zugefügt, im Gegenteil, es belebte sie im Gegenteil außerordentlich. Der Energiefluss der Erwartung durchströmte sie wärmer als die laue sizilianische Gewitter-Luft und der schöne Rotwein es vorher schon getan hatten. Sie blieb eine Weile liegen und wäre fast eingeschlafen, wenn er nicht einen Szenenwechsel vorgeschlagen hätte. Am Esstisch mit dem vollen Geschirr vorbei in sein Zimmer. Er war ihr Gastgeber. Sie gingen normal und sprachen und Audrey fand alles, was er beim Türenschließen noch sagte, überaus witzig wie eine wirklich verliebte, enteiste Frau.

Es war nicht wichtig, diese Affäre vor den Kollegen zu verbergen und genauso unnötig war es, über Familien zu reden. Er wusste, wie sie lebte, aber sie wusste wenig von ihm, außer daß er klassischer Archäologe war und seit einiger Zeit Professor. Sie warf sich rücklings in ihrem dreiviertellangen schwarzen Kleid auf das weiße Bett und genoss den Frieden in seinem Zimmer. Eine weiße Lampe brannte neben jedem Kopfende. Er zog sich aus und kam zu ihr.

„Audrey...“

„Ja, Alexander... was möchtest Du?“

„Ich möchte herausfinden, ob man Dich klonen sollte.“

„Aha, und nach welchen Kriterien gehst Du da vor?“

„Ich sage es Dir, wenn ich es weiß.“

„O.K., komm darauf zurück.“

Er küsste sie und dieses tat er sehr gut. Er küsste nicht wie Diethelm und nicht wie der und der. Nein, er küsste wie er nun einmal küsste. Und er liebte sie. Natürlich auch nicht so wie Diethelm es schon lange nicht mehr machte und sonst auch niemand anders da gewesen war, nein, er machte es genauso energisch, wie es ihr gut tat. Er war einiges jünger als sie und sie wusste nicht einmal genau, wie viele Jahre. Mit einem jüngeren Mann hatte es früher noch nie geklappt und sie konnte noch nie jemanden ernstnehmen, der auch nur drei Jahre jünger war als sie und das schien ihr ganz plötzlich irgendwie anders ausgeglichen. Sie nahm es nicht mehr ganz so wichtig wie noch in ihrer zarten Jugend, wo sie nach dem ersten Liebeskummer wegen Diethelm ein paar andere Männer kannte, aus New York und in München.

Ruckenbrodt beziehungsweise Alexander war jetzt eine besondere Realität, er hatte ihr immer gefallen und sie wäre nicht gern ohne ihn nach Sizilien gegangen. Nein, sie hatte sich innerlich so weit von Diethelm gelöst, daß es jetzt einfach einmal Zeit war, sich einem anderen zuzuwenden.

Sie hörten sizilianische Canzoni und waren wunderbar zusammen. Er war ein wirklich jugendlicher Liebhaber für sie, obwohl der gute Diethelm sie im Bett nie enttäuscht hatte. Jetzt kam eben mal ein junger Mann. Andreas Alexander Ruckenbrodt hieß er mit vollem Namen.

Er servierte ihr am nächsten Morgen Frühstück ans Bett und sie genoss es. Dazu war es auf einer Grabung natürlich noch nie gekommen. Das Wetter beruhigte sich und sie konnten ihren Survey fortsetzen. Besonders die Rückreise war für Audrey neben Alex im Flugzeug sehr romantisch und mit Diethelm schon seit langem nicht mehr so aufregend. Warum auch immer nur Diethelm? Mon dieu, die Kinder würden ihr in letzter Linie einen Liebhaber ankreiden und wenn irgendjemand auf die leiseste Idee in dieser Richtung käme, würde sie eine entsprechende Antwort geben. Sie vernachlässigte niemanden.

Also was wollte sie jetzt in München tun?

Ganz einfach, das Leben genießen und es so führen, wie sie es führen wollte. Jetzt hatte sie nicht nur eine Affäre und eine dienstliche Beziehung zu Alexander, sie liebte ihn wirklich und ihren Mann eigentlich auch. Gegen ihn war nicht das Allergeringste zu sagen, außer, daß er untreu gewesen war und immer sehr sparsam. Aber das hatte sie akzeptieren können, sie brauchte sein Geld nicht unbedingt und Aufmerksamkeit und Achtung hatte er ihr gegenüber eigentlich nie vernachlässigt. Er hatte nichts unterlassen, was sie ihm vorhalten konnte. Nein, so war es beileibe nicht.

WALZER

*U*nd als hätten die Götter es geahnt, war der Empfang zuhause überwältigend: dicke bunte Rosensträuße standen in den herrlichsten Farben in allen Zimmern und auf dem Tisch lag ein Gutschein für ein neues Abendkleid und sieh an, das Allerhöchste der Gefühle war seitens ihres Ehemannes erreicht worden: dieses Kleid sollte für einen Opernbesuch in Wien zum Ball gedacht sein. Diethelm fand auch, sie sei in Sizilien sehr aufgeblüht.

Warum das alles jetzt so plötzlich?

Sie freute sich und sah es wirklich freundschaftlich an. Sie hatte ihn in ihren schönsten und wichtigsten Jahren geliebt und weitgehend für sich gehabt, hatte eine wirklich eigene Karriere gemacht und gute Kinder erzogen. Dann war das alles doch jetzt erst recht einen besonderen Liebhaber wert. Es wäre doch noch schöner. Sie wollte eine Ménage à quatre führen und dachte, Diethelm träfe sicher noch seine Augsburgerin. Dann wäre der ganze bombastische Empfang wohl eine Art Beruhigung seines Gewissens gewesen und ihr kam es hundertprozentig entgegen. Aber niemand sagte etwas. Je sicherer sie sich über ihre Zwecke im Klaren war, desto weniger verunsicherte sie irgendjemand.

Sie sah Alexander in seiner Wohnung, in der er jetzt allein war. Früher hatte er mit Familie in einem Haus am Tegernsee gelebt und war dann allein in die Stadt gezogen. Er lebte getrennt von seinen Leuten und war achtunddreißig. Warum also nicht? Sie ging verdammt gern mit ihm ins Nest, weil er es gut machte für sie, mehr Energie hatte und aufgrund seiner kräftigen Statur eine ganz andere Beschützer-Rolle für sie spielte. Ihr Arrangement lief. Sie sagte den Kindern, wenn sie morgens zum Arbeiten mit Ruckenbrodt ging und die konnten sie dann dort anrufen. Sie blieb nicht länger als zwei Stunden und besprach mit ihm einige neue Grabungs-Pläne. Als Gräzist wollte er jetzt wieder auf die Peloponnes und sie sollte mitkommen, aber es war zu Claudius Geburtstag und der hatte mit seinem Musical Premiere. Alexander wollte die Grabung gern verschieben, so daß sie mitkommen könnte, aber sie brachte ihn davon ab. Ganz so eng und dicht sollte ihre Liebschaft denn doch noch nicht werden.

Mit gedämpfter Begeisterung fuhr sie mit Diethelm nach Wien auf den Opernball und fand es ja auch ganz nett. Ihr zartgrünes Kleid war sehr gut und teuer gewesen und Diethelm hatte eine Reservierung im Sacher springen lassen. Sie freute sich wirklich auf diese Aufmerksamkeit und wenn sie wieder zuhause waren, kam gleich Claudius Aufführung. Dies und die Vorbereitungen für seinen Geburtstag machten ihr wesentlich mehr Spaß als der ganze herrliche Opernball. Eigentlich ging sie immer gern auf Bälle, um schöne großartige Kleider zu sehen. Aber in diesem hellerleuchteten Theatersaal fand sie es für einen Ball nicht richtig schummrig und stimmungsvoll genug. Sie mochte lieber einen richtigen Ballsaal mit Fenstern, aus denen man in die Nacht hinausschauen konnte wie die Rheinterrassen in Düsseldorf, wo sie mit Tourniers so gern auf den Segelbällen gewesen war. Ja, dort hatte es richtige Ball-Atmosphäre gehabt. Diethelm war enttäuscht über ihr Statement und sie tröstete ihn bei Cha-Cha-Cha. Sie wollte eigentlich bald nach Hause und nicht bis in die Puppen bleiben. Na gut, es war für ihn ebenso gut wie schlecht. Einerseits und andererseits. Es machte ihr immer Spaß, mit ihm im Bett zu sein und mit Alexander genauso oder zur Zeit noch einiges mehr. Sie kannten sich jetzt ein halbes Jahr und der allererste Reiz war vielleicht noch da oder schon entflogen. Sie balancierte ihr Leben mit ihren zwei Männern wunderbar aus. Der eine war die Ergänzung des anderen.

Die kleine Gloria hatte es in München als Erste gemerkt:

„Mama, dieser Ruckenbrodt da immer am Telefon, interessiert er sich für Dich?"

„Ja, Kind, natürlich hat er sich für mich zu interessieren,
ich war ja schließlich Grabungsleiterin in Sizilien."

„So kommt mir das aber nicht vor, wenn er nach Dir
fragt."

„Wie kommt es Dir dann vor, liebes Kind?"

„Ich sagte es doch schon."

„Aha, Du sagtest es schon."

„Ja, ich sagte es schon."

Diethelm hörte es und darauf hatte Audrey gewartet und
sich innerlich darauf eingestellt. Sie war dennoch sehr
erschrocken und wusste, daß Stimmen immer Menschen
verraten, es sei denn, durch einen besonderen Umstand, daß
die anderen Zuhörer so abgelenkt sind und es vor lauter
eigener Beschäftigung vielleicht nicht mehr wahrnehmen,
wenn jemand sie angelogen hat.

Nun hatte es Diethelm gehört und es war ja auch genau
so, wie die Kleine sagte. Er äußerte erst einmal nichts, dazu
war er viel zu diplomatisch, sondern räumte den Tisch ab
und spielte mit Chiara Schach. Audrey setzte sich dazu und
konnte sich nicht konzentrieren.

„Mama, was würdest Du jetzt machen?"

Audrey musste in die Welt zurückkommen. Sie
versuchte, sich auf das Schachbrett zu konzentrieren und
überlegte ernstlich Chiaras nächsten Zug. Es dauerte und
dauerte, bis sie schließlich allein zog. Audrey lobte sie.
Diethelm war enttäuscht. Audrey legte eine Walzer-Platte
auf, es war zwar nicht im geringsten romantisch, sie tat es
dennoch zur Erinnerung an Wien und an den schönen Ball.
Sie wollte mit Diethelm tanzen und seine Züge hellten sich
auf. Er tanzte eine Weile mit ihr und überlegte dann seinen
nächsten Zug auf dem Schach-Brett, bevor Chiara zog.

Christoph kam nach Hause und setzte sich dazu. Als er sich ein wenig erholt hatte, zog Audrey ihn auf die Tanzfläche und er mimte lustig einen Walzer-Tänzer. In seinen normalen Sachen machte er den perfekten Bilderbuch-Tänzer nach und Audrey, Chiara und Diethelm lachten herzlich. Der Abend verging sehr gut. Chiara gewann, weil Diethelm nicht mehr so konzentriert auf das Schachbrett war und keine Lust mehr hatte.

Audrey schlief bei ihm und kurz mit ihm. Am nächsten Morgen schlief sie länger mit ihm mit allen Sachen und Besonderheiten, die sie immer als „etwas für sonntags" bezeichnete und er lachte. Sie hatten sehr schöne Fotos und Diethelm hatte darauf geachtet, daß sie gut wirkte und hatte ein wenig Foto-Regie geführt. Als Business-Direktor, der viel mit Werbung und Präsentation zu tun hatte, konnte er das sehr gut. Es war drei Jahre her. Auch diese Ideen hatte sie ursprünglich von Undine, die einmal erwähnt hatte: „...daß ich im Bett 'Wer-weiß-was' mache...". Es war für sie wohl keine so große Besonderheit, sondern Undine gefiel sich in ihrem Job und in einer besonderen Märchenwelt, die sie sich - ganz in ihrer Realität behauptet - immer in allen Dingen ihres erfolgreichen Lebens als Theater-Leiterin selbst erschuf.

Nachmittags ging Audrey verabredet zu Alexander. Es war wie auch mit ihm schon eine sichere Gewohnheit, nachmittags um Zwei oder um Fünf mit ihm in seiner Wohnung zu schlafen. In seiner Bettwäsche und in dem Ambiente, das er nun allein bewohnte, dennoch mit seiner Frau und Mutter seiner Kinder einige Dinge zusammen gehabt hatte. Bei sich zuhause in Gräfelfing achtete sie wie früher streng darauf, niemals mit zwei verschiedenen Männern in ein und derselben Bettwäsche zu sein. Sie freute sich auf Alex immer, weil er ruhiger war als Diethelm und dieses vielleicht berufsspezifisch begründet war oder in seinem Temperament lag und weil er sie immer so energisch mit seiner Zunge ausleckte, daß sie sehr gut von ihm und seiner erotischen Persönlichkeit getragen war. Vielleicht war seine Ruhe wie in seiner beruflichen archäologischen Natur begründet, umsichtig und doch energisch vorzugehen und den Fund zu heben. Sie bekam herrliche Orgasmen mit ihm und hatte mit Diethelm nie einen gehabt. Sie hatte es auch nicht vorgetäuscht, sondern war soweit sehr glücklich und zufrieden gewesen, weil der Sex immer so herrlich leicht ging.

Mit Alexander war es angenehm, etwas anstrengender und sie hatte das Gefühl, einfach mehr gemacht und besser gelebt zu haben, eben weil er jünger war und energiereicher. Und sie kannte ihn jetzt intim ein gutes Jahr lang. Er hatte sich sehr viel Zeit für ihren Orgasmus genommen und allein das war das größere Erlebnis für sie.

Den Rest der Nachmittage verbrachte sie immer in der Sprachenschule und begleitete gelegentlich eins ihrer Kinder zu einem Termin, bewegte sich also ständig in München.

Ihre Jahre und die Familie mit Diethelm waren gut und ihre ménage à quatre lief.

Alexander wollte nach Griechenland auf die Peloponnes, um Poseidon-Kulte zu messen. Audrey überlegte. Sie wäre sehr gern mitgegangen, dachte aber, es sei klüger, jetzt nicht die Dinge auf die Spitze zu treiben, was zu einer Trennung mit Diethelm geführt hätte. Das würde er sich jetzt wohl nicht mehr bieten lassen und sie lebte doch gut mit ihm. Wenn es zu einer Trennung käme, wollte sie das nach Möglichkeit gern selbst festlegen und ihm sagen. Aber nicht jetzt.

Alex war in Griechenland das erste Mal selbst Grabungs-leiter und es machte ihm sichtlich Spaß, die kleine Mannschaft zu führen. Audrey war sehr stolz auf ihn, insgeheim sah sie in ihm jetzt etwas wie ihren archäologischen Ziehsohn.

Sie war in München, als aus Griechenland ein Anruf kam, Alex war unter Wasser bei dreißig Metern Tiefe schwer verunglückt. Er hatte ein großes Barotrauma und lag in Athen im Krankenhaus. Als erstes sprach sie mit Klamroth und er schlug vor, sie beide sollten mit der Frau von Alex zusammen hinunterfliegen. Inka hieß seine Frau und war gefasst, blond mit schlichten langen Haaren und sie war immer sehr blass. Auf dem Flug sprach sie nicht viel. Sie wussten alle, daß Alex es überstehen konnte, aber nicht, wie lange die Traumatisierung dauern würde. Audrey ließ sie im Krankenhaus zuerst allein in Alex Zimmer gehen. Noch hatte sie Inka gegenüber kein überflüssiges Wort über ihr Verhältnis zu Alex erwähnt. Sie setzte einfach voraus, daß es jeder der Archäologen und ihre Familien wussten oder zumindest vermuteten. So etwas konnte man nicht verbergen.

Leichenblass kam Inka nach einer halben Stunde aus dem Zimmer und ließ Audrey und Klamroth eintreten. Auch er wurde einige Grade blasser, als er seinen jungen Kollegen so teilnahmslos daliegen sah.

Nach einiger Zeit regte er sich und öffnete die Augen, sah Audrey, die ihm die Hand streichelte und lächelte sie an. Er versuchte, zu sprechen und Audrey war sehr erleichtert.

„Ja, Alex wir sind für Dich da. Streng Dich nicht an. Wir wollen nicht so viel reden, wenn Du noch ein bisschen müde bist."

Klamroth wollten hinausgehen, aber Audrey hielt ihn zurück. Sie wollte nicht, daß er sie mit ihm allein liess. Sie wies Klamroth einen Sessel an und streichelte Alex. Sie streichelte seinen Kopf und seine Haare, die sie so an ihm liebte. Klamroth sah genau hin, weil er wusste, daß es ihnen allen gut tat, wie Alex sich belebte. Er war sehr angestrengt und Audrey wusste genau, wie weit sie gehen wollte und konnte. Es war eine Eigenschaft, die sie immer gut beherrschte, vorwärts gehen und sich immer wieder Mut zu holen, indem sie Alex zuflüsterte:

„Es wird Dir in kurzer Zeit wieder normal gehen. Du bist großartig und wir freuen uns auf Dich, wenn Du aufstehst.

Wir sehen uns hier im Krankenhaus um und bauen Dich ein bisschen auf. Willst Du?"

Er nickte schwach und schlief wieder ein. Es war für alle eine sehr gute Anstrengung gewesen. Audrey erinnerte sich an ihr eigenes Tauchtrauma und daß sie danach nie wieder unter Wasser mitgearbeitet hatte. Sie wusste jetzt nicht, wie Alex sich entwickeln würde und ließ Inka bei ihm zurück. Mit Klamroth zusammen wollte sie am nächsten Abend nach München zurückfliegen. Von Athen sah sie dieses Mal nur die Plaka, aß mit Klamroth und Inka in ihrem Lieblings-Lokal unter der Akropolis und wusste genau, daß Alex hier sehr gut versorgt war.

Diethelm hatte sich auf eine Reise nach Fernost aufgemacht und Audrey wollte ihn bei seiner Rückkehr natürlich herzlich begrüßen. Er war sehr erstaunt über ihre Vorbereitungen und hatte es nicht erwartet. Er machte auch keine Anstalten, in Augsburg anzurufen und von dort waren während seiner Reise keine Telefongespräche gekommen.

„Ja, was ist mit Eurem Ruckenbrodt?" fragte er gezwungenermaßen.

Sie überlegte. Hatte er es jetzt nur beruflich oder auch persönlich gemeint? Er selbst war immer der große Meister an Diskretion und freundlicher Diplomatie gewesen, so daß auch sie höflich sprach:

„Es ist für ihn ziemlich hart gekommen, er wird die nächsten Wochen in Athen liegen und dann irgendwie hierher transportiert werden. Er hatte eine schöne Grippe und ist damit voll ins Trauma bei dreißig Metern Tiefe gekommen. Es war wohl ein wenig leichtsinnig von ihm."

„So, so, leichtsinnig ..." sinnierte Diethelm ironisch und war ein wenig eingeschüchtert und zurückhaltend.

Er nahm sein Jackett vom Stuhl und zog sich unmissverständlich allein ins Schlafzimmer zurück. Audrey wusste, daß er den Jetlag jetzt nutzen würde, um sich von ihr ein wenig zu distanzieren. Sie würde sich zwingen, ganz ruhig zu sein und das fiel ihr nicht allzu schwer. Dann wollte sie aber Sex mit ihm und er sagte zum ersten Mal:

„Lass mal...“

Na gut, es klappte also nicht. Sie ging in ihre Schule, wo sie nachmittags einige Stunden Verkaufs-Beratungen in besonderen Fremd-Sprachen machte und sich um einiges kümmerte. Inge legte ihr dann drei Interessenten zwischen vier und fünf Uhr nachmittags oder gelegentlich vormittags um Neun.

Normal lief die Schule mit zahlreichen Deutsch-Kursen von Einwanderern, die ein buntes Bild abgaben und sich sehr um Deutsch, diese zuweilen sehr schwierige Literatur-Sprache bemühten. Gern unterhielt Audrey sich mit Lehrern und Schülern über Entwicklungen in ihren Herkunfts-ländern.

Alexander war noch lange nicht wieder zurück, als Audrey fühlte, daß sie ihre Regel nicht normal hatte und dachte, sie wäre wieder schwanger. Wie könnte das aber sein? Sie verhütete, wenn sie das wollte, seit eh und je mit Präservativen und das war doch seit der ägyptischen Antike ein höchst probates Mittel. Sollte es nun so sein, wer wäre dann der Vater des Kindes? Sie hatte keine Vorstellung. Es konnten beide sein und sie und die anderen sahen, wie sich in den Pupillen ihre Psyche veränderte und wie sehr ihr die Idee eines fünften Kindes Freude machte.

Sie rief Alexander in der Klinik in Athen an. Die Ärzte waren ein wenig pessimistisch und Audrey dachte, sie müßte hinreisen und es ihm gleich sagen, wollte aber keinen Flug riskieren, falls sie ihre Schwangerschaft dadurch verlieren würde. Sollte sie nun den Zug nehmen oder mit dem Auto fahren? Sie wählte den direkten Zug und nahm die kleine Gloria und Christoph mit. Die zwei anderen gingen in ihre Privatschulen und der äthiopische Au-pair-boy und alle Großeltern freuten sich, zumindest für eine Woche bei Chiara, Claudius bei Diethelm zu sein.

Die Fahrt durch Jugoslawien und Mazedonien über Thessaloniki war recht lang und Audrey führte vorbereitende Gespräche mit Gloria und Christoph, wenn sie noch ein Kind bekäme, wie es dann heißen sollte? Es machte ihnen enorme Freude und Claudius schlug vor: Gerald. Ja, das fanden Audrey und Gloria auch schön. Glorias Vorschlag für ein kleines Mädchen war Sabine und sie wollten die anderen zuhause noch fragen, aber Audrey war schon einverstanden, einen Gerald Schumann-Stevenson oder eben eine kleine Sabine zu bekommen. Wenn es denn wirklich so wäre. Oder vielleicht eine Fiona.

In Athen im Krankenhaus lag Alexander mit einer Lungen-Embolie nach schwerem Tauchtrauma. Er bekam diuretische Medikamente und musste künstlich beatmet werden. Audrey bat die Ärzte, ihm für ihren Besuch die Atem-Maske abzunehmen. Sie möchte ihm etwas sehr Wichtiges persönlich mitteilen.

„Alex, wie geht`s Dir?" Er lächelte und drehte die Augen nach oben.

„Ohne Euch hier sehr schlecht."

„Alex, ich bekomme ein Kind von Dir."

Er staunte in freudigem Schrecken und streichelte ihre Hand.

„Weißt Du das genau?"

„Nein, aber ich fühle es. Erstens, daß ich schwanger bin und zweitens, daß es dann von Dir ist."

„Was willst Du Diethelm sagen?"

„Na, daß es so ist."

Er wurde unruhig und nickte nur. Audrey streichelte ihn, küsste ihn und zwickte ihn spaßeshalber in die Wange, verzog sich dann und sammelte ihre Kinder auf dem Krankenhaus-Flur ein. Sie fuhren gleich an den Strand von

Vouliagmeni und Audrey musste in ein Restaurant gehen und sich übergeben.

„Mama, Du kriegst ein Kind" verkündete Gloria stolz.

„Ja, ihr Süßen, freut Ihr Euch?"

„Ja, sehr."

Audrey lief jetzt immer mit einer Tüte umher, obwohl sie sich gedanklich vornahm, unterwegs in Athen nicht zu übergeben und es auch gut klappte. Alexanders Zustand besserte sich und Audrey besprach mit den Ärzten, sie würde ihn gern auf irgendeinem Weg mit nach Hause nehmen, weil sie schwanger sei und all das seinen Zustand wohl fördern konnte. Die Mediziner und Schwestern im Krankenhaus freuten sich und überlegten, welcher Rückweg am besten wäre. Schließlich wurde ein Krankentransport vom ADAC bestellt und sie fuhren zwei und zwei mit einem Fahrer in einem Krankenwagen gemütlich in zwei Tagen durch Kroatien und Österreich bis München. Im Auto war es für Audrey ein wenig anstrengend, ihren Magen zu beruhigen und neben der Trage von Alex hätte sie normal ein paar Schritte laufen können, Lieder singen und sich auf die Heimat freuen können. So übernahmen ihre Kinder und der griechische Pfleger die Unterhaltung, sie hielt sich zurück. Audrey war zehn Tage in Athen und insgesamt zwei Wochen von ihrer Familie weggewesen. Sie wusste genau, daß sie Diethelm die Wahrheit sagen wollte und er überlegen konnte, ob er sie verlassen und zu seiner Augsburgerin wollte, zu seinen Eltern oder mit seinem Bruder etwas unternehmen oder ob er auch mit diesem Kind bei ihnen bleiben wollte.

Eine Blut-Untersuchung wegen der Vaterschaft wollte sie nicht machen lassen, sondern sehen, nach wem das Kind geraten war und es dann mit Zwölf oder Vierzehn selbst entscheiden lassen, welcher der beiden Liebhaber seiner Mutter ihm als Vater näher stünde.

Ja, so wollte sie sich entscheiden. Sie erklärte Alexander auf Griechisch, daß sie genau wusste, es war von ihm und keinen medizinischen Beweis antreten wollte, ob es auch im Test so wäre. Sie gefährdete ihre Familie nicht, wenn sie das fünfte Kind bei sich erzog und genauso weiterlebte. Diethelm würde entscheiden, ob er das akzeptieren wollte.

„Diethelm...!" zischte Alexander mit Mühe.

„Ja, Diethelm", bekräftigte sie seine aufkommende Wut.

„Du kümmerst Dich ja auch um Deine zwei Jungen bei Inka und sie sind nicht immer in Deiner Wohnung... also wird es mit Deinem dritten Kind genauso sein."

„Na gut, Audrey, dann bin und habe ich die schönste Patchwork-Familie, die es gibt, aber wie Du willst."

„Ja, genauso wie ich will, Alex."

Klamroth war sehr besorgt um Alexander und seine Unfallfolgen. Er könnte nie wieder an Unterwasser-Grabungen teilnehmen und sollte dann eben eine frühere Campagne fortsetzen. Es waren römische Krieger, die in ihren Streitwagen begraben waren und Alexander hatte die ersten fünf bis zehn Prozent der Grabungen geleitet. Jetzt wollte die kirchliche Stiftung dafür noch zehn Millionen investieren und das Projekt würde sehr spektakulär. Viele internationale Museen würden sich dafür interessieren.

Audrey seufzte. Sie hatte dann noch ein kleines Kind und konnte mit ihnen gleich einmal nach Italien auf die nächste Grabung gehen, wenn es auf der Welt und sein Vater ganz wiederhergestellt war.

Der Grabungsbeginn wurde auf die Zeit nach der Geburt verlegt. Audrey wusste auch ohne Untersuchungen, daß es ein Mädchen würde, einfach weil sie es gut fand, daß Alexander auch eine Tochter hatte.

Sie sprach mit Diethelm.

„Dann sag mir mal, was an diesem Alexander so viel besser ist..." sagte er ihr auf den Kopf zu.

„Diethelm, erstens steht absolut nicht fest, daß er wirklich der Vater dieses Kindes ist und Du brauchst Dir noch lange kein Kopfzerbrechen darüber machen. Vielleicht sieht das Kleine Dir so ähnlich, daß wir es dann genau wissen, wenn wir sie das erste Mal sehen und mit dem besser sein werde ich Dir jetzt mal etwas sagen. Frauen haben nur in den allerseltensten Fällen vaginale Orgasmen. Die Chance ist vielleicht eins zu hundert oder noch geringer. Mir geht es bei einem klitoralen Orgasmus aber sehr, sehr gut, Diethelm, das bringt mir sehr viel Entspannung, Freude und Energie. Es dauert nur viel länger. Ich habe es kürzlich im Fernsehen gesehen." Der letzte Satz war eine Notlüge, in Wirklichkeit hatte sie den klitoralen Orgasmus zuerst nur mit Alex und vielleicht daher dieses Kind empfangen. Ihr Körper täuschte sie nie.

Diethelm staunte und goss sich Wasser ein.

„Dann komm doch mit uns jetzt nach Deiner Athen-Reise auf ein schönes Wochenende, wenn es Dir gut tut vielleicht auf eine Schönheits-Farm, Audrey." Welch ein Entgegenkommen. Eine Schönheitsfarm!

Sie wusste, was er da wollte. Und richtig, er informierte sich über klitorale Orgasmen und sie hatte an dem Wochenende auf der Schönheitsfarm viele mit ihm. Auch sie sagte, daß sie es früher, zur Zeit ihrer ersten Verliebtheit mit ihm am meisten genossen hatte, wenn er neben ihrem Kopf gekniet hatte und ihr seinen Schwanz ganz leicht in den Mund geschoben hatte, wie er es immer sehr einfühlsam tat. Sie bekam in dieser Schwangerschaft jetzt wieder mehr Lust darauf, ihn zu lutschen, wo sie sich in den letzten Jahren sehr davon entfernt hatte.

Da sich alle ihre Kinder so auf das fünfte Kind freuten, wollte sie ihre Familie absolut nicht aufs Spiel setzen und Diethelm hatte hier als Vater klaren Vorrang. Sie liebte

Alexander auf ihre Weise sehr und es war ganz anders, mit einem jugendlichen Liebhaber zusammen zu sein.

„Ist es wirklich nicht von Ruckenbrodt?"

„Diethelm, ich sage Dir doch, der müsste ja ein Loch in das Präservativ gestochen haben, wenn er heimlich gewollt hätte, daß ich sein Kind bekomme. Du wirst es ja sehen, wenn es auf der Welt ist. Also bitte gedulde Dich.

Audrey arbeitete für Alexander ein wenig an seinen Grabungsvorbereitungen und es ging ihm zusehends besser. Er blieb immer noch sehr empfindlich, konnte nicht in die Sauna und schwimmen gehen und mied alle Anstrengungen. Sie hatten sanften Sex und es war eine wunderbare Zeit, mit diesem sonst so energischen, kranken Mann zu schlafen.

Audreys fünftes Kind wurde eines Nachmittags im Zeichen Widder geboren und sah ziemlich schnell genauso aus wie Audrey. Sie hatte ihre Augen und ihre Haarfarbe und jeder wusste sofort, das Kind ist eine Schumann. Nur Audrey war sicher, daß es ein Ruckenbrodt-Kind war. Im Fall von Diskussionen hätte sie durchgesetzt, es in ihrer Familie zu haben. Bis jetzt entfielen beim Anblick der niedlichen kleinen Fiona aber sofort alle irreführenden Ideen. Später konnte man das immer noch ändern. Audrey würde ihr nie Illusionen machen.

Entzückend war das Prinzesschen auf seiner Taufe mit seidenen Schleifen im Jäckchen und einem seidenen Band um den kleinen Kopf. Alexander wurde ihr Taufpate und auch Diethelm war mordsstolz auf ein drittes Töchterchen. Er war einfach so naiv, sich in ihr selbst wiederzuerkennen. Audreys Vereinbarung mit Alexander blieb stumm.

Er ging auf seine Grabung und Audrey war Diethelm extrem treu. Das Kind band alle in der Familie an sich und das Leben wurde damit ruhiger. Die anderen vier gingen nicht mehr so viel außer Haus, sondern verbrachten ihre Zeit mit der Kleinen im Garten. Früh lernte sie sprechen und laufen.

Immer blieb sie Audrey wie aus dem Gesicht geschnitten und gern nahm Audrey sie mit in die Schule und in die archäologischen Institute am Vormittag. Überall waren die Spielräume für Kinder wunderhübsch eingerichtet.

Alexander erhielt einen sehr hoch dotierten Forscherpreis nach seiner Grabung der Krieger mit Streitwagen in Gräbern. Er investierte ihn zum Teil für die kleine Fiona und einen großen Teil für eine weitere Grabungs-Kampagne.

Die Kleine liebte Garten-Arbeit besonders und schaufelte furchtbar gern in der Blumen-Erde mit hellem Vergnügen. „Das hat sie von ihrer Mutter", schmunzelten die Nachbarn. Wenn in der Küche Porzellan zu Bruch ging, sammelte sie mit kleinen Handschuhen alles sorgsam auf und holte Klebstoff. Die Archäologin in ihr war nicht zu verkennen und eigentlich hätte Diethelm es langsam merken müssen. Er war aber sehr beschäftigt mit seinen eigenen Studien. Er wollte jetzt interessehalber ein zweites Studium als Ethnologe absolvieren und schaffte es sehr gut neben seinem normalen Manager-Dasein. Die Augsburgerin war durch die kleine Fiona wohl etwas in den Hintergrund geraten und bei den anspruchsvoller werdenden großen Kindern. Noch nie hatte Audrey ihn rächend auf diese Heidi angesprochen und behielt sich das Argument für härtere Diskussionen vor. Sie brauchte es jedoch nie.

Die Augsburgerin hätte zwar keine Torschlusspanik, ihre biologische Uhr liefe jedoch langsam ab und Audrey konnte also absolut nichts dagegen haben, wenn Diethelm ein Kind mit der gehabt hätte. Dann hätte sie mehr mit Alexander leben können und tat das jetzt eigentlich genauso wie vor der Geburt von Fiona. Als ihr Patenonkel konnte Alexander sich gelegentlich mit ihr befassen, wenn sie Geburtstag hatte und er verriet sich und Audrey nie.

Er wusste, daß er Audreys Betreuung und ihrer Motivation seine Gesundheit verdankte und wäre in Griechenland im schönsten Krankenhaus von Athen lange nicht wieder so schnell fit geworden, wenn Audrey sich nicht so um ihn gekümmert hätte. Darum verhielt er sich so, wie sie wollte und wartete geduldig auf die Entscheidung des kleinen Mädchens. Mit Vierzehn sollte sie entscheiden, ob medizinisch untersucht würde, wer tatsächlich ihr Vater war. Aus jetziger Sicht wollte Audrey allein mit ihr reden und mit allen anderen danach. Aber wozu sich eigentlich sorgen über das, was in vierzehn Jahren war. Eine total überflüssige Energieverschwendung. Und genauso negativ, wie zum Beispiel andere Menschen gleich abzukanzeln, bevor man überhaupt wusste, warum sie denn so und nicht anderes gehandelt hatten. Es war schließlich ein großer Energie-Gewinn, die guten Ergebnisse eines Sachverhaltes zuerst zu sehen. Das verstanden die Deutschen perfekt.

Auch der gute, immer so kluge und liebevolle Diethelm konnte sein Sexual-Leben mit der Augsburgerin sicher mit seinen neugewonnen Erkenntnissen zu klitoralen Orgasmen von Frauen gewinnbringend anlegen und spielte das Thema flach, wenn es entfernt dahinkam.

Alexander Ruckenbrodt erhielt einen Anruf morgens um Elf, als er gerade aus dem Haus gehen wollte und es war die Leibniz-Kommission. Sie erkannte ihm den höchstdotierten Forschungs-Preis für seine Arbeiten an den Krieger-Gräbern mit ihren Streitwagen zu. Er rief sofort Audrey an.

„Ja, da gratuliere ich aber sehr, sehr herzlich, Alex und mit anderen Worten hast Du damit ja den Nobel-Preis für Archäologen ergattert."

„Wann sehen wir uns?"

„Wann Du möchtest."

„Bitte komm doch her."

„Ja, Alexander, ich bringe die Kleine mit."

Er hatte eine Flasche Champagner und Häppchen fertig und empfing sie ein wenig nervös.

„Audrey, ich habe gerade für uns eine Reise-Überraschung vorbereitet. Können wir nächsten Mittwoch nach Griechenland?"

„Ja, natürlich, aber willst Du denn nicht Deinen Preis hier ein wenig feiern, mit Interviews und einer Party im Institut?"

„Ja, natürlich und zusätzlich fliegen wir für ein paar Tage nach Griechenland."

„Ich komme auf jeden Fall mit der Kleinen mit und wenn von den größeren noch wer mitwill, sage ich es Dir noch."

Er ging ans Telefon und buchte drei Flüge nach Kephallonia. Wieso wohl ausgerechnet Kephallonia und nicht Athen oder Kreta oder Samos oder Korfu? Hm, hm, seltsam.

Sie war sehr beschwingt und fragte, wer mit nach Griechenland wollte. Alle hatten etwas vor: Christoph spielte eine wichtiges Volleyball-Match, Chiaras beste Freundin gab eine Geburtstags-Party und auch Claudius komponierte wie immer an seinen Songs und trat in Münchner Clubs auf.

SIRTAKI

*A*udrey packte für die kleine Fiona Sonnenhüte und für sich Hotpants ein. Im Kostüm ging sie mit Alex auf den Flughafen und sie kamen in Kephallonia in der größten Mittags-Hitze an. Audrey war noch nie in dieser Gegend der kleineren der Sieben Inseln gewesen. Am Flughafen begrüßte sie ein deutscher Makler und Alex lächelte still in sich hinein.

Sie nahmen den BMW des Maklers und fuhren bis ans Ende der Küstenstraße zu einem Boot. Es war das private Motor-Boot des Maklers Vadim Gorki, der sie in ein paar Minuten zu einer Insel schipperte. Audrey hatte die Sonnenhüte griffbereit im Hutkoffer und die kleine Fiona saß unter einem Sonnen-Segel und strahlte.

Auf einer Insel stiegen sie aus und der Makler ging einige Schritte mit ihnen zu einem Haus. Hier hatten ein Butler und eine Griechin ein herrliches Mittagsessen vorbereitet und die Kleine konnte vor Müdigkeit kaum noch gerade sitzen. Nach einem Ouzo als Longdrink, den Audrey besonders liebte, erläuterte Alex:

„Audrey, diese Insel ist sowohl zu mieten als auch zu kaufen. Wenn Du einverstanden bist, bleiben wir ein paar Tage hier und Du überlegst, wie es Euch hier gefällt. Ich habe mir von Herrn Gorki eine Option geben lassen, daß wir es machen können, wie wir wollen."

Audrey schluckte. Sie war von allem sehr überrollt und lächelte ein wenig gezwungen.

„Eine tolle Überraschung, Alex... Wir überlegen uns das."

„Hier gibt es Ausgrabungen, die Ihnen sehr gefallen werden, Frau Stevenson, wir haben ein kleines Museum auf der Insel, wo die Funde ausgestellt sind. Sankt Stelianos hat Kiefern- und Olivenbaumbestand, von der Anhöhe auf der

Inselmitte haben Sie einen wunderbaren Blick auf die
Ionische See, es sind noch einige Bauplätze für private
Villen offen für Ihre vollständigen uneingeschränkten
Besitzrechte, Frau Stevenson. Wenn Sie sich das einmal
durch den Kopf gehen lassen möchten."

„Ja, ja," lächelte sie ein wenig müde. „Wir werden uns
hier ein wenig umsehen."

Der Sandstrand war schmal und sie machten sofort einen
Spaziergang und sprach mit Alex:

„Oh, Herr Onassis, das ist ja alles ganz herrlich und
wozu neigen Sie hier: Miete oder gleich Kauf?"

„Es hängt auch ein wenig von Ihnen ab, Misses
Schumann-Stevenson."

Audrey schwante Verpflichtendes und das wollte sie jetzt
nicht überlegen. Der Leibniz-Preis war hoch dotiert, aber
dann gleich so etwas dafür investieren? Sie fragte sich, ob
sie sich wirklich für einen Schritt wie diesen erwärmen
wollte. Zunächst einmal wollte sie hier nur ein paar Tage
Ferien machen.

„Wir können doch gleich einmal in das kleine Museum
gehen, Audrey, setz die Kleine in den Buggy."

Alex schloss das kleine Museum auf und Audrey gingen
die Augen über: die schönsten Vasen mit Darstellungen aus
dem Reichen Stil, die ihr Doktorat gewesen waren und die
sie genauso liebte wie ihre Kinder, standen in ordentlichen
Vitrinen bei dementsprechender Luft-Temperatur und
Lichtverhältnissen in Reih und Glied. Vasen und Amphoren,
Krathere und Stelen ließen ihr Herz in astronomischen
Höhen schlagen.

„Alex, kauf die Insel oder vermiete sie mir. Hiermit bist
Du doch genauso gut wie sämtliche griechischen National-
Museen zusammengenommen."

„Ja, das dachte ich auch, als ich den Prospekt von Gorki
las."

„Was will er für die Insel?“

„Eine Million.“

„Her damit, sofort. Ruf ihn gleich an und mach einen Vertrag. Damit tust Du mir, Deiner kleinen Tochter und der Archäologie einen reichen Dienst. Ist das alles hier gefunden worden?“

„Ja, Audrey, die Insel hat einem amerikanischen Einsiedler gehört, der sich sehr für griechische Antike begeistert hat. Er ist aber jetzt zu alt geworden, sich immer darum zu kümmern und seine Kinder möchten das auch nicht machen. Ich habe gedacht, daß es etwas für mich wäre und vielleicht später für die Kinder.“

Seine Söhne interessierten sich sehr für die Tätigkeit ihres Vaters und die kleine Fiona vielleicht eines Tages auch.

Audrey war Feuer und Flamme und wollte gleich alles unter Dach und Fach bekommen.

Sie rief in München an und schlug Diethelm vor, auch gleich herzukommen und sich die Insel anzusehen. Ihr Business-Direktor war jedoch in Moskau und ihre Kinder ziemlich beschäftigt. Dann würde es natürlich ein toller Liebes-Urlaub für sie und Alexander und den hatte er sich verdient. Auch sie profitierte nun für sich davon und fand das Insel-Gefühl und diese archäologischen Kostbarkeiten überwältigend. Mit dem Boot war man sehr schnell in Kephallonia und die Haushälterin brachte gern selbst frische Vorräte für sie mit. Der Butler war für eine Woche gemietet. Audrey fand es luxuriös und aalte sich auf der Terrasse.

„Ja, Herr Onassis, was so eine Grabungsstelle mit Kriegern und Streitwagen so alles nach sich zieht ...“

„Du hast ja noch nicht einmal die Hälfte im Museum richtig gesehen, Misses Hepburn.“

„Ja, genau all die Funde im ersten kleinen Raum waren schon so aufreizend...“

„Ich weiß, daß es für Dich so ist wie Sex...“

„Das soll doch wohl kein Nachteil sein...“

„Nein...“ Er sah sie an „Warum, Audrey?“

„Es klang nur so hässlich.“

„Ach, Audrey, nein, wenn ich jetzt auch einmal so klinge, darf ich vielleicht sagen, daß es mich schon einige Mühe gekostet hat, alles zu überlegen und ziemlich spontan fast schon zuzugreifen.“

„Glaube ich Dir, Odysseus, Zeus und Aristotelis Onassis in Einem. Wer möchtest Du am liebsten sein, wenn Du die Wahl hättest, eine Figur der Antike zu sein?“

„Orpheus.“

„Oh, ja, dann bin ich eine irdische Eurydike.“ Sie tanzte.

„Eine überirdische“, meinte er romantisch und tanzte mit ihr ohne Musik.

„Überhaupt all diese Funde hier in dem kleinen Museum, Alex ... Du kannst Dir denken, ich bin ganz begeistert und möchte hier ein wenig graben.“

„Hier?“

„Ja, natürlich hier und Du kannst es doch mit Deiner Stiftung ermöglichen.“

„Hm, mal nachdenken.“

„Bitte lass mich einen Antrag bei Dir stellen, o.k.?“

„Natürlich, Misses Hepburn und außerdem, wenn ich diese Insel kaufe, ist sie für meine Kinder ...“

„Ja, Schatz, für alle Deine Kinder...“, sie warf ihm einen langen Blick zu. Die kleine Fiona wurde bald zwei Jahre und sie selbst konnte für dieses Eiland, das ihr sehr gefiel, noch eine ganze Menge tun, schwante ihr.

Sie schrieb den Antrag im Geist an die Ruckenbrodt-Stiftung zur Finanzierung einer ersten Grabung mit dem Ziel der Hebung strukturierter Hauswände auf Sankt Stelianos, die als Malfläche genutzt waren, wie in dem kleinen Museum bereits ausgestellt. Ferner dachte sie, seien sicher bemalte Plastiken zu finden sowie polychrome Darstellungen und große Figuren neben besonderen Formen der Palmetten und Blütenschlingen, die sie in ganz Griechenland so liebte. Ferner beantragte sie als Grabungsziel die Hebung von vermuteten Krieger- und Jagdfriesen, Tierfriesen und Gelageszenen in korinthischer Qualität. Sie vermutete Funde der archaischen Zeit und die beliebte Symposien-Thematik, die auch für Gräber als passend empfunden wurde, solange, bis die aufwändigen Adelsgräber durch Kleisthenes verboten wurden. Insbesondere dachte sie an die Hebung von Vasenmalereien aus dem Anfang des fünften vorchristlichen Jahrhunderts. Hier war sie besonders in der Darstellung der Augen und diesem Datierungskriterium kompetent. Athenische Vasenmalerei im strengen Stil und der Klassik der ersten Hälfte des fünften Jahrhunderts hatte sie schon in ihrer Doktor-Arbeit bei bekannten Funden unter ihre Luge genommen wie die perspektivischen Verkürzungen in der Körper-Darstellung der Malerei. Ornamentale Darstellungen bei Schalen erhoffte sie sich in ihrem Antrag auf eine Grabungs-Finanzierung von Alex und verwies auf die bereits gefundenen zylindrischen Friese, die in diesem kleinen Museum ausgestellt waren genau wie im National-Museum von Athen. Natürlich erwartete sie auch noch einige Kostbarkeiten aus dem Reichen Stil, die üppigen Faltenwürfe aus seiner Schlussphase, die danach höchstens als Knitterfalten im Schlichten Stil erschienen. Es interessierte sie eben modisch. Sie erwartete rein unbewusst schöne Funde noch aus der Zeit vor der Auswanderung der griechischen Vasen-Malerei von Athen nach Süditalien. Die Zentral-Perspektive in der Architektur war in der Malerei nicht vertreten und sie wollte dem Phänomen gern auf die Spur kommen. Ihre Instinkte überzeugten natürlich auch

Alexander und seine Kommissionen, die über ihren Antrag entscheiden würden.

Bei den Farbenstudien wollte sie sich dem attischen Ocker zuwenden und dem Drachenblut, sie wollte nochmals prüfen, ob Polygnot der Erfinder des Ocker war, wie das Elephantinum des Appeles.

„Alexander, weißt Du, wie sehr mir dies Inselchen gefällt?"

„Nein, weiß ich eigentlich nicht."

„Dieser Duft der Kiefern und die silbrigen Olivenbäume hinter dem Strand..."

Er kaufte die Insel und entschied binnen zwei Monaten positiv über ihren Antrag.

Sie konnte mit einem Team von zehn Kollegen anfangen und fünfundzwanzig Griechen aus Kephallonia verpflichten, mitzuhelfen. Die Deutschen wohnten im Haupthaus und vier Kollegen im Weinhaus, wo die kleine Weinpresse stand, die Griechen schliefen im zweiten Nebenhaus der Insel. Wenn Alexander kam, zog er ins Violinen-Haus. Hier stand ein Flügel und einer der Vorbesitzer hatte gern musiziert. Sie richtete es für Alexander besonders schön ein.

Und sie arbeitete viel, flog nach München und kümmerte sich um Diethelm, den die Grabung natürlich auch interessierte. Er besuchte sie mit den Kindern und auf seinen Zwischenstops gern, wenn sie auf Sankt Stelianos arbeitete. Dann hielt Alexander sich zurück und respektierte ihre Ehe, die sehr gut hielt. Sie liebte Diethelm für sich auf die Weise, die sie immer zueinander zog und Alexander erschien in den Zwischenzeiten als ihr Liebhaber, was von allen Seiten still akzeptiert wurde.

Im Team arbeitete ein Kollege namens Degenhart und war unmerklich besonders interessiert bei der Sache. Immer fing er morgens als erster an, die Markierungen zu unterschreiten, hob die Bänder hoch und begann, seine Sachen zu holen. Bevor die Haushälterin erschien, hatte er längst Kaffee gekocht und allein gefrühstückt. Er war immer schon um halb Acht auf dem Feld. Gern tanzte er abends mit ihnen auf der Terrasse und war dann ein besonders zufriedenes Team-Mitglied. Audrey mochte ihn, weil er recht still war und doch immer sehr agil und nie seine Stimme erhob. Er redete nie viel von sich und Diethelm wunderte sich am Telefon, wenn sie von ihm erzählte.

„Woher kommt er denn?"

„Er war in Tübingen in mehreren Projekten und macht jetzt eine Professoren-Arbeit."

„Aha, schön, wenn Du ein gutes Team hast und Ihr gut vorankommt. Dann bekommst Du natürlich in Kürze den Canisius-Preis, Audrey." schmunzelte er gutmütig.

Ja, der Canisius-Preis war natürlich toll und sehr begehrt. Sie vergaß den Scherz von Diethelm.

Auf Degenhart und ihr gesamtes Team war Verlass und Audrey wusste, daß sie alle für ihre Arbeit belohnt würden. Sie geduldete sich, als die Ergebnisse noch spärlich waren. Sie fanden einige Reste, Scherben unbedeutender Funde und es hätte ihren Mut um einiges sinken lassen können. Jedoch baute besonders Degenhart sie sehr gut auf. Er empfahl ihr Olivenblätter als Kosmetik-Maske und sie hatte Spaß daran, sich zu verschönern, legte sich die Blätter als Gesichtscreme auf und fühlte sich wie Aphrodite persönlich gewesen sein musste. Da war sie sicher.

Und plötzlich fanden sie mehr, als sie ursprünglich dachten: Hauswände, stuckiert wie die berühmten von Samos, hinreißend bemalte Plastik, auf der Frauen hell und Männer dunkel gemalt waren. Die Funde gehörten zur korinthischen Schule, wo im siebten und achten vorchristlichen Jahrhundert die bedeutendsten Keramiker tätig waren. Sie fanden Ölgefäße mit einfacher Ornamentik verziert, mit Linealen gemalt und ohne Ausfüllung, die Farbskala reichte von Rötlich-Gelb bis zu Blau.

Besonders bedeutend waren die Kriegerfriese mit korinthischen Helmen, Hasen und Hunden auf Jagdfriesen wie auf den vielen bekannten ostionischen Friesen im korinthischen Raum. Die Blüten waren wie hingetupft und die Qualität der korinthischen Keramik begeisterte sie alle im Grabungsteam. Wildschweine und Löwen wechselten mit Gelageszenen, was Athen später imitierte: auf schwarzfiguriger Keramik wurden hier sonst andere Felder und Blütenpalmetten gebrannt. Wegen der Zerstörungsanfälligkeit gab es noch kein Grün und Blau und da konnten sie wiederum graben, soviel sie wollten, sie würden es wohl nicht finden.

Degenhart war sehr glücklich und wollte als Erster die Grabung verlassen. Audrey verabschiedete ihn und brachte mit den restlichen neun Kollegen die Funde in das Museum. Sie musste nach München, mit verschiedenen Kommissionen über einen Museumsanbau sprechen und die Funde dokumentieren. Alexander wollte diese Grabung für den Canisius-Preis vorschlagen.

Audrey war ein wenig unsicher. Eine so kleine Grabung mit zwar zahlreichen, aber weniger spektakulären Funden, weil diese Gefäße vermutlich in ganz Griechenland zu Tausenden zu finden waren. Sie dachte, nur mit größeren Funden, Statuen und besonderen Highlights wie Alexanders Streitwagen könnten sie internationale Verdienste erwerben, strebte es auch nicht unbedingt an, sondern hatte wie immer schon vorher ihre helle Freude daran, wie die Gefäße eines schönen Tages in ihren Vitrinen aussehen würden.

Natürlich freuten sich auch Diethelm, ihre Kinder und Eltern und besonders Susanne Kuckuck über die Grabungs-Erfolge. Audrey empfahl ihren Töchtern Gloria und Chiara natürlich umgehend Oliven-Blätter-Masken als Tip des Kollegen Degenhart und sie schmückten sich damit wie antike Göttinnen.

„Woher hat denn dieser Degenhart die Idee?" fragte Susanne.

„Er sagte, von Freunden."

„Aha, hat er vielleicht noch mehr dergleichen Ideen?"

„Werde mal sehen", seufzte Audrey, zufrieden mit ihrem Spiegelbild.

In München machte es wieder sehr Spaß, bei Diethelm zu sein, gelegentlich in die Oper und ins Cuvillié zu gehen, Kleider zu kaufen und mit der Familie zu sein. Gloria hatte sich den Arm gebrochen und konnte eine zeitlang nicht Klavier spielen. Danach übte sie umso lieber und manchmal brachte Alex seine Geige mit, wenn er zum Dokumentieren zu Audrey kam. Dann spielte er mit ihnen allen.

Ihre Dia-Sammlung waren achthundert Stück und alles musste für die Canisius-Kommission vervielfacht werden. Die Dia-Kästen in den Regalen wuchsen an und Audrey war glücklich. Diethelm bewegte die Grabung sehr und er begleitete Audrey das nächste Mal, als auch das alte Team wieder vollständig eintraf. Degenhart, die Kollegen aus Tübingen und Freiburg, Heidelberg und Göttingen, die jetzt alle an dem aufgestockten Projekt teilnahmen.

Wie immer war er der Erste, der das Frühstück vorbereitete und als Erster auf dem Feld war. Er gefiel Audrey, weil er ruhig und ernsthaft blieb, wenn andere in den Stress kamen. Dann beruhigte er sie allein durch seine Anwesenheit und wenn er nur dastand, gelangte Ruhe in das Team.

Und die Sensation passierte: zur ungläubigen Freude von Audrey hoben sie am dritten Grabungs-Tag eine erste ionische Bildhauerarbeit, die nicht einmal auf ihrer Liste gestanden hatte. Unerwartet tauchten immer mehr Statuen auf, die Audrey´s Archäologinnenherz in astronomische Höhen flattern ließ. In Bändern wurde eine erste Frauen-Statue gehoben und Audrey wusste, daß noch mehr auftauchen würden. Damit hatte sie es Brandmaier gleichgetan, der auf der deutschen Fläche auf der Akropolis ein so achtungerregendes Stück gefunden hatte und nun auch sie etwas genau so Schönes. Sie besorgte ein Spanferkel und einige Lammbraten für das Abendessen und Degenhart lachte ruhig, als könnte ihn weder diese erste Statue noch eine ganze städtische Anlage, auf die sie stoßen könnten, aus der Ruhe bringen. Er war ein wenig grauhaarig mit einer strohigen Natur-Krause und einer randlosen Brille, die ihm gut stand, lachte freundlich und war wie immer nicht aus dem Konzept zu bringen, als Audrey ihr hellblaues Grabungs-Kopftuch mit den feinen Paisley-Mustern abnahm und eine Grabungs-Pause vorschlug. Die Kollegen wollten arbeiten und gut, Audrey konnte sie nicht hindern. Sie rief Diethelm, ihre Kinder und Alex an, sprach kurz mit ihnen und wandte sich dann dem besonders opulenten Abend-Essen zu. Sie müssten die Grabung auf jeden Fall um einige Wochen verlängern und sie sollte zwischendurch einmal nach München fliegen, damit Alex Formalitäten erledigen konnte, mit der griechischen Kultur-Verwaltung sprechen und die Mittel freigeben konnte, die Audrey brauchte. Die Party am Abend war aufregend, weil Audrey selbst sehr erregt war. Degenhart beruhigte sie, wenn er ihr von weitem zutrank und eigentlich hätte sie sich doch entspannen können. Sie schlief vor lauter Aufregung jedoch nicht und war mit Degenhart am nächsten Morgen als Erste im Grabungshaus, wo die völlig unversehrte Statue ein wenig von Erdstaub befreit wurde. Es war wahrscheinlich eine Artemis, vermutete Audrey und Degenhart bestätigte sie. Er war der ruhigste in ihrer Mannschaft und siehe da, am nächsten Morgen war er es, der als Erster die nächste Statue hob, wie ein Gegenstück zur Artemis, ein Dionysos vermutlich, der bis auf eine Hand vollständig erhalten war.

Wenn sich nun noch die Stelen mit den passenden Inschriften dazu finden würden, wäre Audrey im äußersten Archäologen-Himmel. Degenhart telefonierte am Abend mit seinen Leuten. Das tat er sonst nie, aber Audrey sah es mit Vergnügen. Er, der sonst immer so pflichtgetreu arbeitete, sprach privat mit jemandem. Es war der einzig persönliche

Zug an ihm, den Audrey bis jetzt bemerkt hatte. Sie sprachen immer nur über ihre Arbeit und nie über Privates.

Audrey stockte der Atem, als die nächste Statue mit den Bändern völlig heil gehoben werden konnte. Wie viele würden es noch sein? Alex kam aus München und traute seinen Augen nicht. Auch der Bürgermeister von Kephallonia und seine Mitarbeiter kamen, um die Funde zu dokumentieren.

Sage und schreibe einhundertzwanzig Statuen wurden gehoben und die Behörden ließen sofort grünes Licht für einen Museums-Anbau erkennen, den Alex mit seiner Stiftung finanzierte.

Und er hatte Audreys Grabung für den Canisius-Preis angemeldet.

Es fanden sich endlose Reihen von Stelen mit Inschriften in der Erde, die Münchner Spezialisten aufnahmen. Die Grabung auf Alex` Privatinsel war ein so schöner Erfolg, wie ihn die Branche seit den Aphrodisias-Funden nicht mehr gesehen hatte.

Audrey ließ sich wieder in München sehen. Auf der Grabung konnte Degenhart ihre Arbeit als ihr Stellvertreter machen. Sie wusste, daß sie ihm voll vertrauen konnte und verbrachte schöne Wochen mit der Familie, erholte sich von den Erfolgen und Aufregungen in Griechenland und ging mit Diethelm und den Kindern schwimmen, zweimal besuchte sie Alex in seiner Wohnung. Er war mächtig stolz auf sie und sie befürchtete, er würde sie eines schönen Tages wohl vor die Wahl stellen, sich zwischen ihm und Diethelm zu entscheiden. Es machte ihr jedoch wenig Kopfzerbrechen, da sich ihre zwei Super-Männer bis jetzt in Nichts in die Quere gekommen waren. Warum sich also Sorgen machen um Dinge, die nicht im geringsten akut waren.

Sie tat ihre Arbeit und besprach viele der Inschriften mit Alt-Philologen und Historikern, die ihre Funde dankbar aufzeichneten.

In Griechenland zurück hatte sie ihre hellste Freude an den schönen Statuen, Stelen und Vasenmalereien, deren Ästhetik sie schon als Kind in den Vitrinen bei ihren Eltern fasziniert hatte, wenn die sich Souvenirs von Griechenland-Reisen mitgebracht hatten. Man kehrt immer zu seiner ersten Liebe zurück, bewahrheitete sich wieder.

Sie starb tausend Tode, wenn eine Statue auf Bändern hing und nur ein paar Meter weiter in das kleine Museum transportiert werden musste, das mittlerweile wesentlich bevölkerter war als vor ihrer Grabung. Frühere Pessimisten hätten gesagt, es wäre zu voll, aber Audrey und ihre Mannschaft waren selbstverständlich der Ansicht, es konnten gar nicht genug Funde sein, die sie notfalls auf das griechische Festland bis nach Athen transportieren müssten, um sie vorläufig aufzubewahren und natürlich auszustellen.

Die griechischen Behörden arbeiteten schnell und förderlich. Natürlich freute man sich im Kulturministerium, daß die Grabung so erfolgreich war.

Bautrupps für einen schönen Museumsneubau rückten tatsächlich an und Audrey traute ihren Augen nicht. Bagger und Betonmischer wurden mit Schiffen bis kurz vor die Häuser transportiert. Ein Baukran wurde mit einem Helikopter eingeflogen und neben ihrem Haus abgestellt. Audrey war sehr aufgeregt. Die Griechen beruhigten sie, tranken dann immer gern mit ihr Kaffe und abends einen Wein und am nächsten Morgen ging Audrey wieder mutig hinaus.

Viel Spaß hatte sie mit griechischen Tänzen und alle tanzten gelegentlich abends im Team. Zur Einweihung des neuen Museums würde hier ein großes griechischen Fest steigen, bereitete sie im Geiste vor. Und auch da unterstützte sie Degenhart, nickte immer, wenn sie nur den Anfang eines

Gedankens wie die Museums-Einweihung äußerte und allein das half ihr sehr, ihre Ungeduld zu bezwingen und nicht zu glauben, es ginge alles wie im Flug. Die Grabung an sich war gut verlaufen und alles, aber auch ausnahmslos alles hatte geklappt. Die Funde waren von großer Schönheit.

Ihr Stil, ihre Thematik und Form wiesen auf eine zeitliche Einordnung ab 530 vor Christus hin, als man in Athen rotfigurig und nicht mehr schwarz malte. Es waren ursprünglich korinthische Erfindungen, wo die Figuren als schwarze Silhouetten aufgemalt wurden und lineare Details eingeritzt waren, bevor die Vasen gebrannt wurden. Die Orientierung der Töpfer-Signaturen fiel ihnen leicht, alles, ausnahmslos alle ihre Funde waren deutlich mit „egrapsen" signiert: „hat dies gemalt". Epoisen, hat dies gemacht fand sich nur sehr selten. Manche Bildhauer signierten mit ihren Namen: Lydos und Amasis fanden sich und die Beweise häuften sich, daß für eine große Vase ein Tageslohn bezahlt wurde. Die Monogramme und Buchstabengruppen waren das Wichtigste für all die Philologen und Historiker, die sich nacheinander gern bei ihnen sehen ließen.

Oft kamen Fach-Journalisten zu Interviews und Degenhart vertrat sie auf der Grabung oder wenn sie in München war. Ihrer Familie ging es immer sehr gut und sie freuten sich sehr über ihre Funde mit.

Inzwischen waren die herrlichsten Preziosen bei der Grabung aufgetaucht. Studentinnen hatten sie aufgespatelt und Restauratoren in Augenschein genommen. Es ließ die Herzen der Damen und durchaus auch der Herren Kollegen gleich einiges höher schlagen.

Und am ruhigsten blieb wie immer Degenhart. Gut konnte er mit den Behörden verhandeln, Diamantis Hontroyannis hieß der beleibte Bürgermeister von Kephallonia, den er sehr gern herumführte.

Audrey ging alle drei bis vier Wochen für ein paar Tage zu ihrer Familie nach München. Das konnten alle Mitglieder des Teams immer tun, wenn sie einen wichtigen Grund hatten: eine Familienfeier oder eine Krankheit, um die sie sich persönlich kümmern mussten. Aber die wenigsten taten es und es ereigneten sich kaum unerfreuliche Unterbrechungen bei dieser wie auch Audreys früheren Grabungen. Alle Kollegen konnten immer ihre Kinder mitbringen und für sie wurde als allererstes eine erstklassige Kinderbetreuung gefunden.

Nur Degenhart sprach nie von einer Familie und Audrey wusste nicht, wie er lebte. Er kam ursprünglich aus Berlin und arbeitete hauptsächlich an der Universität von Tübingen. Jetzt hatte er zwei Forschungsjahre eingelegt und leistete keine Lehrtätigkeit, wusste Audrey.

Er war ein guter Schach-Spieler und gelegentlich hatte Audrey eine Partie mit ihm angelegt. Da war er besser gewesen als sie und sie wollte es langsam aufgeben, seit auch ihre Kinder immer häufiger gegen sie gewannen. Sie dachte, sie müsste einfach regelmäßiger spielen, wenn sie nicht zu oft verlieren wollte.

Ja, in München spielte sie fast auf verlorenem Posten gegen Christoph, der der beste Schach-Spieler in der Familie war. Sie ärgerte sich und schwor, in Griechenland würde sie abends jetzt häufiger mit Degenhart spielen, um besser trainiert zu sein und frischer überlegen zu können, auch wenn sie abends ein wenig müde war. Ja, so wollte sie es machen.

Ihr Team rief sie in München an, als sie gerade mit Susanne und Fiona zu einem schönen Kleiderkauf um den Marienplatz herum starten wollte. Degenhart war bei der Grabung eines Morgens spurlos verschwunden und mit ihm zwanzig Vasen, natürlich die bedeutendsten, dazu drei Statuen und der kostbarste Schmuck, die Kolliers mit den Ringen.

An diesem schönen Morgen wusste die Göttinger Kollegin noch nicht, was noch alles fehlte. Audrey beruhigte sie, und aha, das war also das Rätsel dieses stillen Herrn Degenhart. Ein Kunsträuber war er.

„Ihr habt die Polizei und den Bürgermeister angerufen?"

„Ja, natürlich, sie sind auch gleich gekommen. Der Verwalter hat nichts gehört in der Nacht und wir wissen überhaupt nicht, wie der Schmuggel stattgefunden hat."

„Ich komme am besten gleich oder soll ich mich hier erst länger mit der Polizei bemühen, die Ermittlungen anzufangen? Ich überlege das schnell mit Klamroth, bitte behalten Sie Ihre fantastischen Nerven, Frauke, wir kriegen unsere Vasen wieder und lassen uns jeden Schaden sofort mehrfach von diesem Degenhart zurückzahlen. Das wird er uns büßen. Frauke, ich habe alle Dias und Dokumentationen hier. Ich denke, ich komme spätestens morgen und kann von hier aus auch Polizei-Ermittlungen beginnen. Verlassen Sie sich auf uns hier. Trinken Sie etwas, essen Sie und beruhigen Sie sich. Schwimmen Sie, Frauke und malen Sie den Raub, wenn es Sie beruhigt. Sie wissen ja am besten selbst, wie Sie sich entspannen. Auf jeden Fall werden wir auf den guten Kollegen natürlich sehr gut verzichten können. Frauke, halten Sie die Stellung. Bin spätestens in zwei Tagen da."

„Gut, Audrey, wir machen das hier schon und natürlich finde ich Sie sehr ermutigend. Vielen Dank für alles in diesem Gespräch. Bis dann. Einen guten Flug."

Audrey rief die Polizei an und holte sofort Klamroth mit den Unterlagen aus dem Büro und Alex ab. Eine Stunde dauerte die Aufnahme der Anzeige, dann konnte sie im Reisebüro ihr Ticket für den nächsten Morgen abholen.

„Ich habe Euch doch für den Canisius-Preis mit der ganzen Sammlung angemeldet, aber nicht ohne diese Vasen, Statuen und Juwelen, Audrey...".

Alex wirkte sehr entmutigt und hilflos, wie Männer sympathischerweise in solchen Situationen oft waren. Audrey liebte Situationen, in denen sie mit kühlem Kopf und klarer Überlegung immer zum Ziel gekommen war. Da konnten ihre Kinder noch so chaotisch empfinden oder ihre zwei Liebhaber sie fordern, sie blieb ruhig. Und das war es doch auch, was sie an diesem Degenhart immer so gemocht hatte. Und er musste in ihrem Haus doch etwas hinterlassen haben, was bei der Suche nach ihm helfen würde, dachte sie. Die anderen würden schon nicht an der falschen Stelle in seinen Sachen herumfummeln, wusste sie genau und die griechischen Polizisten hatten sicher das Nötigste begonnen. Also verließ sie sich wieder auf sich selbst und auf die gute Zusammenarbeit der anderen.

Und da dachte Alex an seinen Wissenschafts-Preis! Ihre schönsten Statuen waren weg und er dachte an Dinge, die noch lange nicht akut waren. Sie brachte ihn bei einem Besuch davon ab.

Und sie musste Susanne und den neuen Kleidern absagen, was ihr fast noch am allermeisten missfiel. All die polizeilichen Verhandlungen mit den gepflegten Griechen und sie selbst in ihren alten, mittlerweile schon recht erneuerungsbedürftigen Klamotten. Da musste sie aber dringend auf Korfu in den Boutiquen nachsehen, was die Schönes hatten, nahm sie sich kontrastiv vor.

Ihre Kinder amüsierten sich und interessierten sich gleichzeitig für den Raub. Sie wusste, dass sie auf sie zählen konnte und sie sich mit unbelasteten Überlegungen sehr gut in ihre Lage versetzen und ein wenig helfen konnten. Fiona und Christoph flogen gleich mit. Alex wollte zwei Tage später kommen. Er wusste, daß Audreys Team es sehr gut managen würde. Die erste Hälfte der Funde war schon vollständig in München dokumentiert, kartiert und foto-grafiert. Die Dias der letzten kostbaren Funde waren aber nur einmal vorhanden und Audrey hatte Frauke gebeten, zu versuchen, sie noch nicht der griechischen Polizei zu geben. Die Filme waren in Griechenland geblieben und Audrey hätte sie natürlich schon mit nach München nehmen können, wollte sie aber erst in Griechenland vervielfältigen lassen, um ihre Qualität zu sehen. Egal, daran konnte es jetzt auch nicht unbedingt liegen. Die Funde waren weg, Fotos eigentlich vorhanden, vorausgesetzt, Degenhart hatte nicht alles mitgenommen. Sie wusste nicht mehr genau, wie viel Filme sie gemacht hatte und was genau sie auf welchen aufgenommen hatte und wollte sich auf dem Flug genau darüber klar werden.

Sie selbst hatte fotografiert und die Filme in ihr kleines Safe in ihrem Zimmer auf Sankt Stelianos eingeschlossen. Da lagen sie doch wohl noch oder der Teufel sollte Degenhart holen. Die griechische Polizei wusste, daß die Statuen allesamt aus dieser Grabung waren und konnte eigentlich die erste Hälfte benutzen, die auch schon in München war und vorsichtshalber beschlagnahmen. Für die zweite Hälfte wollte sie die telefonisch noch nicht aus ihrem Safe freigeben, ohne daß sie Doppel davon hatte. Auch könnten gute Fingerabdrücke auf ihrem Safe und drum herum sein.

Auf Stelianos kamen sofort Diamantis Hontroyannis und der Polizei-Meister mit zwei Kunst-Experten aus Athen und Audrey begleitete sie bei ihrer Ermittlung. In der Tat hatte Degenhart oder jemand anders versucht, an ihrem Safe herumzuspielen und die Foto-Dokumentation mitgehen zu lassen. Er hatte das Safe aber nicht aufbrechen können, weil es in der Nacht vielleicht zu viel Lärm gemacht hätte. Also war es ein Leichtes für die Polizei, dieser Spur nachzugehen.

Sie vermuteten, daß Degenhart allein oder mit Komplizen die Statuen entweder schon transportfähig gemacht oder sie erst nach der Verladung auf das Schiff in neutralen Kisten deponiert hatte. Es musste ziemlich zügig zugegangen sein, denn die Crew war normal bis nach Mitternacht aufgeblieben, und ab Eins, Zwei Uhr morgens lief doch der rege Fischerei-Betrieb an. Unbekannte Schiffe wurden von griechischen Fischern sofort bemerkt. Die Polizei arbeitete unaufgeregt und Audrey freute es. Sie wusste, ihre Statuen würden gefunden und was auch immer Degenhart bewogen hatte, ihre Vasen und Juwelen waren ihr wichtiger als Rache. Er würde ihr alles heimzahlen, was bis jetzt verloren war, schwor sie sich und überlegte weiter.

Ein Kunst-Experte der Firma Williams aus der Athener Dépendance war einmal da gewesen und hatte zwei Drittel der Funde geschätzt. Eine Foto-Dokumentation hatte er noch nicht für sich angefertigt, sondern es bei einer ersten Schätzung belassen.

Audrey ging in Ruhe in Kephallonia in ein Foto-Labor und ließ die Dias vervielfältigen, ohne sie vorher gesehen zu haben. Sie waren zu neunzig Prozent gelungen und satzreif für Publikationen. Glücklicherweise hatte sie immer nur sehr wenig Ausschuss. In allem. Sie gab zwei Sätze an die Polizei, einen an die griechischen Beamten, einen an die Spezial-Einheit Kunstdiebstahl und bereitete einen Satz für Alex vor, den er mit nach München nehmen konnte.

In den Hafen-Kneipen von Kephallonia sprachen die Wirte besorgt von dem Diebstahl und Audrey blieb ganz ruhig. Sie nickte nur und holte Alex vom Flughafen ab.

„Audrey...wie geht's Euch?

„Alex, hallo, soweit doch noch ganz gut. Ich bin so froh, daß wenigstens die ganze Dokumentation im Safe geblieben ist. Es hilft bei den Ermittlungen doch ungeheuer weiter. Ich habe ein paar Sätze für Dich"

„Ja, natürlich, ich muss sie schleunigst der Canisius-Kommission geben."

Sie lachte: „Ach, Alex, Du und Deine Canisius-Kommission schert mich wirklich als Allerletztes. Stell Dir vor, die Statuen stehen dann im Museum in Kephallonia, in unserem kleinen Haus einige Dubletten und für die Münchner Sammlungen nehmen wir uns gleich einige schöne Kopien mit."

In ihrem Haus bat sie Alex, ihr einen Satz aus dem Bruch-Konzert zu spielen, damit er sich selbst ein wenig beruhigte. Sie hatte ihm ein Brot gebacken, bevor sie zum Flughafen fuhr und Olivenpaste gekühlt. Er erholte sich ein wenig und sie konnte ihn beruhigen:

„Die griechischen Beamten sind natürlich sehr erfahren und tüchtig bei solchen Diebstählen. Obwohl hier lange nichts Großes vorgefallen ist, sind sie topfit und nicht aus der Übung. Sie sitzen immer in den Auktionen von Williams und anderen Häusern und wissen genau den Wert der Funde und die Interessenten. Ihre Karteien sind topaktuell, ich denke, wir werden uns einige Wochen gedulden, mit ihnen arbeiten und nach vier Wochen erst einmal sehen, wie weit die Aufklärung gediehen ist.

„Ja, mein Schatz, Audrey...". Er begann, sie zu küssen und zu lieben. Die Kinder waren schon draußen am Strand.

Der Wert der Funde war geschätzt einige Hunderttausend. In Auktionen konnte die Summe ziemlich spektakulär bis auf das Zehnfache ansteigen. Dabei war die emotionale Seite gar nicht hoch genug zu veranschlagen. Viele Privat-Sammler und Händler entschieden sich wie vom Blitzschlag getroffen für ein bestimmtes Werk.

Audrey war nur sehr wenig nervös, ging mit den Kindern schwimmen und ließ Alex im Museum die Verluste betrauern. Sie wollte, dass er allein besser damit zurechtkam und dass alles binnen kurzem sichergestellt werden würde. Die Beamten aus Griechenland arbeiteten international und konzentrierten sich sehr auf den Handel, der nach wie vor in der Schweiz abgewickelt wurde.

Wer war nur dieser Degenhart? Auch seine frühere Universität wusste nur wenig über ihn und die Kripo-Spezialisten für Kunstraub trugen langsam Informationen über ihn zusammen.

Gloria ging immer am Strand auf und ab und führte Selbst-Gespräche. Sie beschimpfte ihn mit dem Zeigefinger:

„Du Blödmann von Degenhart, machst uns hier so viel Ärger. Wenn Du Geld brauchst, kannst Du meine Mutter

142

und Ruckenbrodt fragen. Und wenn Du die Kunst besitzen möchtest, musst Du sie privat kaufen oder Dir einen Abdruck machen lassen. Aber einfach klauen, wo die schönen Funde für die Museen sein sollten, ist nicht o.k. Das wirst Du uns büßen müssen."

Audrey lachte. Und da fiel ihr ein, hatten sie gestern überhaupt verhütet? Oder war das in der Aufregung vergessen worden? Sie dachte nach. Nein, er hatte kein Präservativ genommen und sie hatte auch nicht daran gedacht. Dann bekäme sie jetzt vielleicht ein sechstes Kind. Oha, der arme Diethelm. Was würde er sagen? Sie wusste es jetzt wie auch bei Fiona sehr genau und würde es ihm ehrlich freistellen, wie er leben wollte.

Aber zuerst besser mit Alex nur an die Arbeit. Nach der Spurensicherung der Kriminalpolizei und dem Kunst-Dezernat konnten sie einige Funde jetzt weiter zur Restaurierung vorbereiten. Die Sachen sollten zur Restaurierung eigentlich alle nach Athen verschifft werden und dann wieder in das kleine Museum auf Sankt Stelianos und bei Interesse könnten sie mit Athener Museen über Transfers sprechen. Wenn sie wollten, würden sie einiges übernehmen. Nur mussten die vermissten oder gestohlenen Funde erst einmal wieder zurückkehren. Audrey hoffte insgeheim immer, daß die Dinge unversehrt zurückkamen und keine schweren Kriminalstraftaten begangen worden waren.

Sie fühlte sich nicht mehr so enttäuscht und wartete im Grunde genommen sicher auf ihre nächste Schwangerschaft. Und begann, nach drei Wochen mit Alex wieder, sich zu übergeben, sich zu konzentrieren und zu beherrschen, wenn sie draußen war, dann eine Stelle zu finden, wo sie sich ein wenig ausruhen konnte und sprach mit Alex.

„Ich kriege wahrscheinlich noch ein Kind von Dir."

„Ja, was denn, seit wann weißt Du das?"

„Na, ich dachte gleich, nachdem Du gekommen warst, Du hast die Gummis vergessen, erinnere Dich. Und ich freue mich eigentlich, bei all den Schwierigkeiten mit dem Diebstahl..., wirklich."

„Natürlich freue ich mich auch. Auf der anderen Seite, warum habe ich es vergessen, Präservative zu nehmen?"

„Weil Du es unbewusst gar nicht verhüten wolltest, mein Lieber, kannst auch wirklich mal die Kräfte des Unbewussten bei Deiner Potenzleistung betrachten."

„Oha, jetzt habe ich es aber gehört. Was möchtest Du denn am liebsten, einen Jungen oder ein Mädchen oder ist Dir beides recht.?"

„Natürlich ist mir alles recht, wenn es nur einen gesunden Kopf und alles hat."

„Welchen Namen möchtest Du ihm geben?"

„Welchen Du?"

„Wir werden noch ein wenig nachdenken können und das lenkt uns doch alle sehr von dem verdammten Degenhart ab und wird uns das Leben hier ein wenig erleichtern."

Beim Abendessen sagte sie der Mannschaft, daß sie wieder ein Kind bekäme und die Mitarbeiter stießen darauf an. Auf der Stelle musste sie sich wieder übergeben und legte sich auf ein Sofa, die Kollegen blieben am Tisch zusammen und hofften, die verschwundenen Schätze möchten wieder auftauchen. Alex schlug vor, mit ihr in einem Mietwagen zurück nach München zu fahren.

„Wie damals, als Du das Tauchtrauma hattest, Alex, ja, das ist auch schön. Wir zwei durch Jugoslawien, wenn die beiden Schumann-Kinder schon morgen mit einem Flieger zurückgehen."

Sie brachte ihre zwei Schumanns zum Flughafen und bei ihrer Rückkehr hatte die Polizei angerufen. Es gab in der Schweiz eine Spur von Degenhart. Er war dort in Zürich in einem Hotel gewesen, wo er schon lange Zeit vorher einmal abgestiegen war und dann sofort wieder verschwunden und aus den Augen der Behörden geraten. Es war ein großer kriminologischer Lichtblick für Audrey und für die ganze Mannschaft. Alex dachte wohl an seinen komischen Canisius-Preis und sie mehr an ihr nächstes Kind. Sie sagte Diethelm am Telefon noch nichts, ihre zwei würden es ihm sicher schon ankündigen, bevor sie überhaupt zurück war und selbst mit ihm reden konnte.

Die Mannschaft war sehr erleichtert, daß Kollege Degenhart wenigstens einmal kurz aufgetaucht war und die Arbeiten wurden unter großen Sicherheitsvorkehrungen abgeschlossen, alle Funde mehrfach dokumentiert und die Sicherung der Museen und der Häuser wurde erneuert. Es kostete Alex einiges Geld zusätzlich, aber es musste unbedingt sein, sonst kamen eventuell noch ganz andere Leute darauf, sich an ihren Grabungsergebnissen gütlich zu tun. Zögernd schlossen sie die Türen und setzten sich in den Jeep, der für ihre Rückfahrt gemietet war.

Die Fahrt war lang und doch sehr kurzweilig dieses Mal mit Alex. Immer erinnerte sie sich, wie schwierig es bei der letzten Auto-Tour gewesen war. Jetzt musste sie jedoch nicht mehr ganz so oft übergeben wie noch in Griechenland und sah die Reise auch nicht als Krankentransport an. Sie freute sich, daß Alex sie fuhr, sie nicht nachdenken musste und sich in der jugoslawischen Landschaft auf ihr Kind konzentrieren konnte.

Sie wollte ihre Schule jetzt verkaufen, die ihr sehr viel eingebracht hatte, konnte mit dem gewachsenen Wert Diethelms Haushälfte kaufen oder umbauen oder anbauen, jedenfalls wollte sie für ihre Kinder da sein, ihre Eltern nicht mehr mit dem sechsten Kleinkind belasten, weiter mit einem Au-Pair-Helfer und einer Hausangestellten arbeiten und ihre bisherigen Grabungsergebnisse theoretisch auswerten, mehr Veröffentlichungen schreiben und mit ihren Kindern musizieren, ins Schwimmbad gehen und last but not least mit Susanne Kuckuck mehr in der Stadt sein, Kaffee trinken, sprechen, in die Münchner Theater gehen und Kleider angucken und kaufen.

Sie wollte noch nicht über Diethelms Entscheidung nachdenken, ob er bei ihnen bleiben wollte. Auf jeden Fall würde sie das Haus vergrößern, anbauen, einen Stock darauf setzen, wollte etwas Schönes Neues sehen und würde als Erstes einen guten Architekten suchen.

„Komme ich in Deinen Überlegungen auch vor?"

„Ja, natürlich, Alex, Du kannst auch gern zu uns ziehen, Priorität hat jedoch in seiner Entscheidung Diethelm, ich habe mit ihm die vier Großen und mit Dir zwei Kleine, das heißt fast. Noch ist das neue Kind noch lange nicht auf der Welt. Möchtest Du denn mit uns zusammenziehen?"

„Audrey, ja, natürlich möchte ich mit Euch zusammenleben. Und mit Deinen großen Kindern und notfalls auch mit Diethelm."

„Hm, hm, ob wir uns so einigen können, daß er mein Ehemann ist und Du mein Verhältnis bleibst?"

„Audrey, ich habe mit Dir sehr bald auch zwei Kinder..."

„Ja, natürlich, ich weiß. Wir werden das aber heute hier nicht entscheiden können, weil wir es einfach noch nicht wissen."

„Natürlich, o.k."

Diethelm begrüßte sie beide äußerst freundlich und rücksichtsvoll. Er deckte den Tisch mit Christoph und alle waren überaus friedlich. Audrey war nur glücklich, daß die Fahrt gut überstanden war. Alex brachte den Wagen zurück und Audrey sprach mit Diethelm, daß sie sich ganz gut fühlte und wie er das sehen würde?

„Ja, Audrey, es freut mich, daß es Dir jetzt doch aufwärts geht nach dem Diebstahl und diesem komischen Degenhart. Ich sehe ein, daß ich bei meinem Job ein sehr abwesender

Vater und Ehemann war und bin und es noch einige Jahre sein werde. Also entscheide Du, ob ich bei Euch bleiben kann oder ob ich lieber gehen soll."

„Diethelm, bist Du wahnsinnig, ob Du lieber gehen sollst? Wir haben fast ein halbes Leben zusammen verbracht und keine Zwietracht aufkommen lassen und vier gute Kinder. Du bist ihnen ein optimaler Vater gewesen. Das geht immer vor. Ich schlafe gerne mit Dir."

„O.k., danke, Audrey."

Alex kam zurück und das Essen wurde fröhlich. Er erzählte von der jugoslawischen Autobahn, die ihm jetzt wie neu erschienen war nach der letzten für ihn etwas schwierigeren Autotour.

Audrey ging zeitig schlafen, sah ihre Eltern erst am nächsten Morgen und rief drei Architekten an.

Sie kaufte Wohnbau-Zeitschriften und sah sehr schöne Möglichkeiten, ihr altes Haus attraktiv zu erweitern. Darüber wollte sie mit verschiedenen Bauleuten sprechen. Sie wusste, daß sie sich auf Diethelm und Alexander voll verlassen konnte und nach ihrem Dafürhalten entscheiden konnte. Anders ginge es nicht. Sechs Kinder waren eine wirklich große Familie geworden und sie hatte immer die Unterstützung der ganzen Familie genutzt, wobei ihrerseits niemand vernachlässigt worden war. Jetzt wollte sie mehr in München sein, von ihren Grabungsphasen ausruhen und mehr theoretisch veröffentlichen. Sie fragte auch Inge, was sie dachte, wenn Audrey die Schule veräußern würde.

„Ja, dann werde ich wohl mit meinen Eltern sprechen und mit einer Bank. Vielleicht kann ich die Schule allein weitermachen."

Auch das war eine gute Lösung.

Am meisten Spaß machten Audrey jedoch ihre Baupläne. Sie gab drei Kostenvoranschläge in Auftrag und sprach mit Diethelm. Er wollte in ihrem Leben bleiben, so wie es war und Alex sollte und musste demzufolge in seiner Wohnung bleiben. Es passte ihr nicht richtig, sie dachte eigentlich, Diethelm sollte eine eigene, separate Wohnung in ihrem Haus beziehen, aber er wollte das nicht. So konnte sie daran denken, Alex in ihrem Haus eine Wohnung anzubieten. Eine verzwickte Lage. Wie würde sich das wirklich entwickeln? Eigentlich hätte sie auch gern ihre Eltern bei sich wohnen, aber sie wollten das überhaupt nicht hören. Es war ihnen wahrscheinlich doch ein wenig zu unruhig.

Ein zusätzliches Stockwerk wurde auf das Haus gesetzt und ein Terrassenanbau mit einem zusätzlichen Wohnraum sprang in den unterschiedlichen architektonischen Entwürfen heraus. Audrey war glücklich.

Alexander war sehr viel mit der Polizei wegen dem Diebstahl in Kontakt und hoffte auf den Canisius-Preis genauso wie auf sein erstes offiziell gemeinsames Kind mit Audrey.

Für den Canisius-Preis sollte die archäologische Sammlung natürlich vollständig sein, denn so war allein schon der erste Antrag formuliert und die Kommission würde sich mit zehn Prozent weniger Objekten sicher nicht zufrieden geben.

Audrey fand es spannend. Wichtiger waren ihr jedoch die Bauarbeiten. Sie hatte sich für eine äußere Holzverkleidung des Anbaus entschieden und darauf freute sie sich neben ihrem Kind am meisten.

Sie konnte wieder an Kleider-Schränke gehen und frühere Kinder-Sachen heraussuchen. Mit Susanne zog sie durch die Stadt und suchte neue Baby-Sachen aus.

Der Umbau ging vonstatten.

Ihre Inge konnte tatsächlich die Schule kaufen und das vereinfachte Vieles. Audrey hatte jetzt Geld, ihren Umbau allein daraus zu bezahlen. Diethelm wollte von einer Teilung nichts wissen und Alexander interessierte vorrangig sein Wissenschafts-Preis.

Großzügig bot Diethelm ihm an:

„Sie können gern bei uns eine Wohnung beziehen, wenn sie ihr Kind sehen möchten. Ich habe nichts dagegen. Bitte überlegen Sie es und entscheiden Sie dann."

„Ja", schrie Fiona, „wir brauchen sowieso viel mehr Babysitter, wenn das Baby da ist."

Audrey lachte. Wenn nur noch die Statuen und die Vasen gefunden würden. Auf den Schmuck konnte sie am leichtesten verzichten, weil ihr die größeren ersten Funde mehr am Herzen lagen.

Diethelm hatte sich Alexander gegenüber als sehr, sehr großzügig erwiesen und der wollte sich alles erst einmal überlegen und dankte Diethelm. Audrey war stolz auf ihre beiden Männer und froh, daß alle sich so verhielten und es perfekt ablief. Sie sagte sich immer, wenn sie sich vor einigen Schwierigkeiten zu fürchten begann: ich schaffe es leicht und schnell und keiner sagt etwas dagegen. Es läuft ideal. Dann war es auch so.

Die Bauarbeiten machten ihr immer Freude und sie half gern dabei, Werkzeuge vorzubereiten und zu lagern, unterstützte die Bauleute und hoffte sehr, die Umbauten gingen so zügig vonstatten, daß alles zur Geburt schon so gut wie fertig wäre. Dann hätte sie mit dem neuen Kind gleichzeitig wieder eine schöne innenarchitektonische Aufgabe, die ihr das Leben mit dem Säugling konstruktiv ausbalancieren würde. Sie geduldete sich und dachte immer an diesen Degenhart. Wo mochte er jetzt sein? Die Polizei hatte keine weiteren Ermittlungsergebnisse.

In ruhigen Stunden setzte sie sich zuhause an ihre schwarzfigurigen attischen Halsamphoren, dachte über die antike Herstellung der Farben nach und brachte ihre Ergebnisse zu Klamroth in die Universität. Er sah sie nur besorgt an und wollte wissen, wie die Ermittlungen vorangegangen waren.

„Nichts ist aufgetaucht." Audrey konnte ihn nicht beruhigen und fand es nicht einmal so furchtbar schlimm.

Alex erhielt einen Brief der Canisius-Commission, daß ihnen der Preis wegen der fehlenden, aber angekündigten Statuen und Vasen in diesem Jahr nicht überreicht werden konnte und er war tief enttäuscht. Audrey machte es nicht das Geringste aus. Sie hatte Freude an den Ergebnissen, die sie über die Bemalung aller Funde soweit veröffentlichen konnte und dachte an ihr Kind. Noch vier Wochen und die Arbeiter waren in heller Aktivität.

Zwei Wochen vor dem Geburtstermin konnten die Maler anfangen, die Innenausstattung zu machen. Es ging sehr gut und zügig. Sie hatten auch Freude an den Arbeiten und wurden genau zum Geburtstermin fertig.

Audrey holte jetzt die alte Wiege in das neue Kinderzimmer und legte die neue Bettwäsche heraus. Die ersten Wochen und Monate würde das Kleine in der Wiege in ihrem Zimmer sein und dann in ein ganz neues, frisch nach Farbe riechendes Zimmer einziehen. Die Einrichtung konnte sie erst nach der Geburt beschaffen.

Ein hübscher Junge kam zwei Tage nach dem errechneten Termin in ihrem kleinen privaten Krankenhaus in Bogenhausen auf die Welt. Alle waren sehr glücklich und er sah einmalig aus: sehr dunkel mit kräftig mittelblauen Augen und gefiel Audrey wunderbar. Diethelm war sehr freundlich und beglückwünschte Audrey festlich. Alex war noch immer bitter enttäuscht wegen dem entgangenen Canisius-Preis und wollte es doch nur Audrey zuliebe so gern erreichen.

„Das kannst Du doch nächstes Jahr noch einmal ansetzen und einreichen, Alex. Sieh Dir lieber Deinen dritten Sohn an."

Seine Miene hellte sich ein wenig auf und Audrey dachte, er hätte lieber noch eine Tochter - offiziell - gehabt. Fiona war immer noch halb Diethelms und nur sehr halb sein Kind, obwohl Audrey sie ihm sehr deutlich vor Augen hielt. Er hatte jetzt drei schöne Söhne und die kleine Fiona - vermutlich.

Glücklich kam Audrey nach Hause und fühlte sich stark mit ihrem sechsten Kind. In Ruhe ging sie mit Susanne Kuckuck in Geschäfte und suchte blaue Vorhänge für das neue Kinderzimmer und blaue Wäsche, weiße Stofftiere und dicke Kissen in Blau für das niedliche Zimmer aus.

In ihre Schule brauchte sie jetzt nicht mehr gehen und das fehlte ihr doch ein wenig. Sie sollte hier vielleicht doch einige Vorträge über Archäologie halten, damit sie Kontakt behielt.

Ihr Münchner Leben machte sie glücklich und der kleine Ruckenbrodt entwickelte sich gut. Sie spielte ihm klassische Musik vor, damit er sich beruhigte, wenn ihm etwas Schwierigkeiten machte.

Audrey bereitete seine Taufe vor. Er hieß Nathan Alexander Stevenson und Diethelm wollte sich im Haus mehr als sein Pate denn als sein Vater sehen. Audrey staunte zunächst immer noch über seine elegante gentlemanlike Art, das neue Familienmitglied zu begrüßen. Aber war sie nicht selbst emotional immer großzügig bei Diethelm gewesen? Hatte sie ihm auch nur ein einziges Mal Schrauben angelegt, wenn es um seine Lebensgestaltung ging? Nein, das hatte sie niemals gemacht. Alexanders Eltern kamen aus Nürnberg und Audrey kannte sie bis dahin nicht richtig.

Für die Feier lud sie als Paten Susanne Kuckuck und den Museums-Direktor der Glyptothek Martin Rautenstrauch mit Familie ein. In seinem Museum sollten auch ein guter Teil ihrer Funde aus Sankt Stelianos ausgestellt werden.

Audrey freute sich sehr auf die festliche Zeremonie in der Kirche und auf das Tauf-Essen. Sie bestellte Champagner-Häppchen im Londoner Hof und für das Mittagessen blauen Blumenschmuck auf weißen Tischen.

Mit Susanne suchte sie sich ein neues, feines Chanel-Kostüm in Schwarz-Weiß aus und für den Kleinen einen sehr schönen marineblauen Anzug. Alexander kam im schwarzen Anzug und sie riet Diethelm zu Blau, weil es ihm so gut stand.

Sollte sie einen Hut tragen? Es war ein wenig umständlich, aber doch sehr festlich. Sie fand ein feines kleines Modell als Haarreif aus Seide mit einer Chiffon-Dekoration, die sehr gut zu ihrem feinen Kostüm passte und bei einem Windstoß nicht allzu gefährlich war.

Auch ihre ersten fünf Kinder kleideten sich freiwillig zur Feier von Nathans Taufe ganz neu alle in Blau ein.

Der Londoner Hof lieferte ein sehr, sehr feines Essen und erst gegen Fünf setzte sich die kleine Gesellschaft zum Tauf-Kaffee in den Garten. Der neue Anbau war äußerlich fertig und die Innenausstattung noch nicht begonnen. Jeder Gast konnte bei einem kleinen Rundgang einige Ideen in den vollständig leeren, hellen, weiten Räumen äußern, wie die Einrichtung sein könnte, wo Audrey sich bislang nur über die Farben im Klaren war.

Gegen Abend kam ein Anruf der Schweizer Kriminalpolizei.

Ihre Funde waren auf dem Auktions-Markt in Genf aufgetaucht und Audrey ließ ihr Amuse-Bouche-Häppchen auf den Teller fallen. Alex war am Telefon und freute sich riesig. Natürlich dachte er gleich an seinen neuen Antrag auf den Canisius-Preis.

Die Polizei hatte jedoch von Achim Degenhart nicht die geringste Spur. Nur die Funde waren Schweizer Kunsthändlern anonym angeboten worden.

Audrey jubelte und all die Eltern freuten sich mit.

„Wir kriegen den Canisius-Preis", verkündete Fiona triumphierend.

„Fiona, vorsichtig, noch haben wir die Figuren nicht einmal wiedergesehen und ich glaube auch hier nur, was ich sehe", beruhigte Audrey sie.

Der Abend der Tauffeier entwickelte sich besonders lustig und fröhlich. Viele Gäste kamen und Christoph und seine Band musizierten ihre neuesten Kompositionen.

Der kleine Nathan lag in seinem blauen Zimmer und merkte nur sehr wenig von den Aufregungen seiner schönen Taufe.

Sehr glücklich war auch Klamroth, der sofort mit Alexander in die Schweiz fuhr und die Sachen sichten konnte. Audrey blieb in Ruhe in München und wollte jetzt nicht mehr viel herumfahren.

Ihre Forschungen zur Farbherstellung des Ocker insbesondere auf schwarzfigurigen Vasen erschienen ihr selbst sehr, sehr vielversprechend.

Alex informierte natürlich die Canisius-Commission, daß die verlorenen Statuen in der Schweiz allesamt dokumentiert waren. Sie waren wirklich unversehrt und das machte Audrey bei seiner Rückkehr am allerglücklichsten. Außer ihrem sechsten Kind, das wach aus seinen Augen in die Welt sah und stark und ruhig wirkte. Der Kleine legte die Hände gern an sein Ohr und unter die Wange, was Audrey immer gern fotografieren wollte.

Sie mochte charakteristische Gesten an Menschen, wie an Diethelm seine liebenswürdige Ruhe und Freundlichkeit bei großen Konflikten. Wenn er ausnahmsweise angespannt war, schniefte er wenig wichtigtuerisch durch die Nase und es war das Einzige an ihm, was Audrey gelegentlich nicht ganz so gut fand.

Alex würde seine Rolle als junger Vater eines Sohnes finden, der nicht bei ihm in seiner Wohnung aufwuchs, sondern einen Stadtteil weiter lebte. Audrey wusste, sie konnte ihn darin orientieren, was auch seine Absicht war.

Nathan konnte zu ihm gehen, wenn er es mit seinem Vater so entscheiden wollte oder bei ihnen in Gräfelfing bleiben.

Alex war recht stolz auf sie und sehr sicher und normal. Er wohnte gelegentlich bei Audrey als Haushüter und beschützte sie, wenn Diethelm auf Reisen war, ohne daß es für irgendjemand als untreu oder unmoralisch gegolten hätte. Sie waren ehrlich zueinander gewesen.

Als sie ihre Sprachen-Schule allzu sehr vermisste, ging sie hin und bot einen Vortrag an. Sie referierte ihre Forschungsergebnisse zur Farbherstellung attischer Vasen und konnte deren Geheimnis lange Zeit nicht vollständig lüften.

Von der Autorin sind in der edition R+R bereits erschienen:

Das Chippendale-Sofa
204 Seiten
ISBN 3-8311-4554-7
Ladenpreis € 14,50

Zwei Männer namens Wolff
228 Seiten
ISBN 3-8311-3705-6
Ladenpreis € 13,50

Zu beziehen über den Buchhandel
sowie auch über das Internet
u.a. www.libri.de